엄마도
사랑받고 싶어

엄마도 사랑받고 싶어

2021년 7월 10일 초판 1쇄 발행

글   정미자
그림   이시은
펴낸이 원미경
펴낸곳 도서출판 산책
편집   김미나 정은미 정희선

등록   1993년 5월 1일 춘천80호
주소   강원도 춘천시 우두강둑길 23
전화   (033)254_8912
이메일 book4119@hanmail.net

ISBN 978-89-7864-099-2   값 10,000원

이 책은 춘천문화재단 지원금을 받아 제작되었습니다.   춘천문화재단

엄마도
사랑받고 싶어

정 미 자

환갑의 의미는 천간(天干)과 지지(地支)를 합쳐서 60갑자(甲子)가 되므로 태어난 간지(干支)의 해가 다시 돌아왔음을 뜻하는 61세가 되는 생일이다. 인생의 한 바퀴를 돌아 제자리에 다시 서 있다는 의미가 있다.

나는 나이 먹어가는 것에 별로 연연하지 않고 살아왔다. 하지만 환갑은 조금 특별하다는 생각이 들었다. 61세를 건강하게 맞이한다는 것에 기뻐하기 보다는 살아온 인생을 되돌아보고 덤 같은 나머지 인생을 조금은 더 진지하게 맞이하고 축하하고 싶었다.

생일 축하한다는 카톡 문자가 아이들로부터 날아왔다. 몇 주 전에 미리 선물은 받았고 생일은 평일이었다. 사실 생일이 있기 전 주말에 아이들이 오지 않을까 내심 기대하고 있었는데 아무 반응이 없었다. 생일날 아침 일찍 문자가 왔을 때도 혹시나 서프라이즈 축하를 해 주려나, 소녀 같은 설렘과 기대감으로 하루를 기다렸다. 그 후로 아무런 일도 일어나지 않았다.

남편과 일식집에서 저녁식사를 하는 내내 가슴이 울컥울컥하여 음식을 먹을 수가 없었다. 급기야 남편 앞에서 설움 범벅을 쏟아내고야 말았다. 또 다른 인생의 시작이라는 특별한 의미가 있다는데 이렇게 허술하게 보내는 것이 너무 섭섭했다.

이 눈물은 꼭 자식들이 환갑을 알아주지 않았다는 이유만은 아니라고, 열심히 살아온 나에게 주는 위로의 눈물이리고 이유를 찾으려했다. 이제는 살아온 날보다 살아가야 할 날이 적고 어쩔 수 없이 삶 주위를 머뭇거릴 일이 많아질 수밖에 없음을 직감하는 나이가 된 것이기도 하다. 이런 여러 가지 복잡한 심정이 섞여서 눈물을 흘린 것 같았다.

남편은 나 몰래 환갑의 의미가 어떤 것인지에 관한 긴 자료를 뽑아 아이들에게 보냈다. 거기다가 엄마가 얼마나 서운해 하는지 운다는 이야기까지 보냈나 보다. 생일 밤 11시에 갑자기 아이들이 케익과 꽃을 들고 들이닥쳤다.

　"우리 엄마, 사랑해요" "우리 엄마, 축하해요"

　한참을 서로 부둥켜안고 울고 나서야 가슴 한구석 뭉친 응어리가 풀어졌다.

　남편 생일은 내 생일 한 달 뒤이다. 그래서 아이들은 동갑인 남편 환갑날과 내 환갑날 중간쯤에 날짜를 잡아서 가까운 친지들과 축하 파티를 계획하고 있었다고 했다. 미리 이야기를 했으면 이렇게 우스운 해프닝은 일어나지 않았을 텐데. 조금은 부끄러웠다.

　책을 내기 위해 아이들에게 써 주었던 많은 편지들을 정리하면서 아이들과 함께한 시간을 회상해 본다. 모든 편지와 환갑날에 했던 나의 행동들이 항상 아이들에게 나 좀 봐 달라고, 나 여기 있는 것 좀 알아 달라고 은근히 알려주고 있었다는 생각이 든다. 마치 나를 향한 아이들의 웃음이, 포옹이, 뽀뽀가 나의 존재감과 자존감을 높여주는 보상인 듯 칭얼거리는 아이처럼 보채고 있었다는 생각이 많이 든다.

　사실 지금도 나는 엄마로서 계속 사랑받고 싶다. 사랑받기 위해서 노력한다는 말이기도 하다.

　"애들아! 엄마는 지금도 사랑받고 싶어."

Contents

나의 사랑 법

뽀뽀가 필요해

사람들은 내게 묻는다.

"아이들을 어떻게 그렇게 키웠어요?

비결이 뭐예요?"

이런 질문을 받을 때마다 나는 생각한다.

'나 같은 사람이 이런 질문을 받을 자격이 있나?' 사실 나보다 자식을 훨씬 더 훌륭하게 키운 사람들이 많다. 그분들에게는 어떤 노하우가 있는 지 모르겠다. 하지만 나는 솔직히 특별하다 할 만한 것이 없다. 딱 꼬집어서 '이런 방법이에요'라고 할 만한 것이 정말로 없다. 굳이 방법을 말하라 한다면 아마도 두서없는 여러 사건들을 기억해 내고 거기에 의미를 붙여야 할 것이다.

그래도 가만히 되돌아보면, 한 가지 메인 줄기는 있었다는 생각이 든다.

아이들을 향한 끊임없는 나의 애정행각!

바로 그것이다.

엄마인 내가 아이들에게 안아달라고, 뽀뽀해 달라고 보챈다. 나에게 부탁을 하면, 나는 절대로 그냥 해주지 않는다. 뽀뽀 세 번 해주면 들어준다는 조건을 단다. 또 뽀뽀를 해 주지 않거나 안지 못하게 하면 나는 삐지기도 한다.

30이 넘은 아들은 지금도 뽀뽀를 알아서 잘해 주며 나의 뽀뽀세례를 싫다하지 않는다. 하지만, 딸은 중학교 2학년쯤부터는 사춘기였는지 뽀뽀하는 것을 싫어했다. 억지로 얼굴을 내밀기도하고, 때로는 너무 신경질적으로 반응해서 정말로 섭섭한 적도 많았다. 그래도 나는 줄기차게 뽀뽀를 요구했다. 때로는 윽박지르며 신경질을 더 내기도 했다.

"내가 무슨 거머리냐? 질색하고 얼굴을 돌리게.

나한테 안아달라고만 해봐, 절대로 안아주지 않을 거야.

엄마가 제일 좋아하는 건데 그것도 하나 못 하게 하니?

효도가 따로 있는 줄 아냐? 살아있을 때 잘해.

죽어서 제삿밥 잘 올리려 하지 말고!

어떤 나라는 인사가 입에다 뽀뽀하는 거래더라.

엄만데 어떠냐?"

온갖 말로 협박한다. 그때마다 딸은 말한다.

"엄마는 왜 그렇게 뽀뽀를 좋아해? 애정결핍이야."

하지만, 딸은 자기가 기분 좋거나 내가 좀 아파 보이거나 우울해 보일 때는 나에게 뽀뽀 세례를 퍼붓는다. 내가 옷을 시준다거니 자신이 원하는 것을 들어 주면 말한다.

엄마도 사랑받고 싶어

"엄마, 뽀뽀 해줄까 말까?"

또 자신이 힘들 때는 나에게 부탁하기도 한다.

"엄마! 안아줘! 뽀뽀해줘!"

딸이 사회 초년생이 된 후로는 좀 변했다. 입에다 뽀뽀도 잘해 준다. 길거리에서 사람이 보거나 말거나 신경 쓰지 않고 뽀뽀해 준다.

아이들이 어릴 때부터 우리는 집에서 화장실 갈 때나 부엌에 볼 일이 있거나, 혹은 서로 오며 가며 마주칠 때는 그냥 지나치는 법이 없었다. 윙크를 하거나 뽀뽀하는 시늉으로 입을 쭉 내밀거나 실제 뽀뽀를 하거나 포옹을 하고 지나쳤다. 집에 하루 종일 함께 있는 날은 아마도 수십 번은 뽀뽀하고 포옹했을 것이다. 아침에 잠을 깨울 때는 얼굴에 뽀뽀 세례를 퍼부었다. 혹 야단친 일이 있어도 자기 전에 꼭 뽀뽀와 포옹으로 끝을 냈다.

우리나라에서 성인이 된 아이들이 할아버지 할머니에게 만나면 입에 뽀뽀를 한다 하면 사람들은 이해를 잘 못할 것이다. 하지만 우리 아이들은 할아버지 할머니를 만나면 남이 보거나 말거나 공공장소에서도 뽀뽀를 해준다.

악수나 포옹 혹은 뽀뽀는 미국이나 서유럽 쪽에서는 기본적인 인사방법이다. 하지만 우리나라에서는 여자와 남자끼리는 악수도 잘 나누지 않는다. 한국인의 정서상 만나면 포옹하고 악수하는 것이 쉬운 일이 아닐 수도 있다. 몇 년 전에는 'Free Hug!'라는 슬로건을 목에 걸고 포옹하기 운동이 세계적으로 유행해서 한국에도 상륙했던 적이 있다. 하지만 요즘은 절대로 할 수 없는 행동이다.

물론 스킨십을 하지 않는다고 해서 아이들을 덜 사랑한다는 의미는 절대 아니다. 스킨십을 유난히 어색해 하고 어려워하는 부모들도 많이 있다. 성격상 그렇게 하는 것이 쉽지 않을 수도 있다.

얼마 전 EBS에서 부드러운 것과의 잦은 접촉이 어떤 영향을 미치는 지에 대한 실험을 쥐를 통해서 보여 준 적이 있다. 2개의 미끄럼틀에 하나는 부드러운 옷감으로 감싸놓고, 다른 것은 차가운 쇠로 만들어서 쥐의 먹이를 미끄럼틀 꼭대기에 두었다. 쥐들은 먹이를 먹기 위해서는 미끄럼틀을 이용해야했다. 얼마 지나지 않아서 부드러운 옷감의 미끄럼틀을 이용한 쥐들은 생생하고 활기찬 반면에 차가운 쇠로 된 미끄럼틀을 이용한 쥐들은 비실거리며 병이 들어 모두 다 죽었다. 또 스킨십이 많은 아이들은 감기도 잘 걸리지 않는다는 보도도 있었다. 이 실험처럼 스킨십은 어쩌면 우리 몸의 면역체계를 강화시키는 작용을 하는 듯하다. 그래서 애완동물을 키우는 것도 정서에 좋은 영향을 미칠 수 있다고 한다. 어떤 방법이건 부드러운 것과의 잦은 접촉은 우리의 건강에 상당한 도움을 줄 수 있다. 하물며 부모자식 간의 스킨십이라면 말해 뭘 하겠는가!

그런데, 사실 아이들에게 애정을 구걸하는 부모들이 생각보다 많이 있지는 않은 것 같다.

특별하지 않다고 생각한 나의 애정 구걸이 어쩌면 특별한 행동일 수도 있겠다 싶다. 왜냐하면 이것 외에는 나는 특별히 잘난 엄마가 아니기 때문이다.

엄마도 사랑받고 싶어

요즘은 아이들이 먼저 두 팔을 벌리고 나를 안아준다. 내 품에 안기던 아이들이 이제 나를 품에 안고 들어올리기까지 하며 놀린다.

"어이쿠, 우리 엄마 몸집이 이렇게 작고 가벼웠나!"

애칭도 소망을 담아서

주일학교 여름신앙 캠프의 프로그램 중에 아이들이 엄마에게서 가장 많이 듣는 말이 무엇인지를 쓰게 했었다. 그 쪽지가 교육실 창문에 쭉 붙어 있었다.

'일어나, 학원가, 공부해, 숙제해, TV 보지 마, 컴퓨터 하지 마, 게임 하지 마, 밥 먹어, 씻어, 빨리빨리, 하지마, 하지마, 하지마……'

우리 교육의 현주소를 보는 것 같았다. 또한 엄마에게서 가장 많이 듣는 말이 그런 말들이라고 기억하는 아이들에게 미안한 마음이 들었다.

'물은 답을 알고 있다'라는 책을 읽은 적이 있다. 밝고 긍정적이고 좋은 느낌의 단어들을 읽어 주고, 좋은 음악을 들려주었을 때와 욕이나 저주하는 나쁜 단어들을 들려주거나, 시끄러운 음악을 들려주었을 때 물 입자 변화를 특수촬영으로 조사했다. 전자의 물은 결정체가 매우 아름답고 순수한 모습이지만, 후자의 것은 보기 싫고 왜곡된 모습을 보여주었다.

엄마도 사랑받고 싶어

사람 몸의 70%가 수분이기 때문에 밝고 좋은 말이나 글, 음악이 사람에게 얼마나 큰 영향을 미칠 수 있는지를 알려주고자 하는 실험이었다.

또 우리가 알게 모르게
무심코 내뱉는 부정적이고 나쁜 말들이
그 말을 듣는 상대방에게
큰 영향을 미칠 수 있다는 것이다.

모든 부모들은 아이들의 이름을 지을 때 많은 돈을 들여서 좋은 의미를 가진 이름을 찾는다. 또 이름 대신에 장군, 대장, 공주, 왕자, 별님, 해님, 예쁨이 등등으로 아이들을 부르기도 한다. 얼마 전 뉴스에서 3천만 원짜리 이름이 있다는 이야기를 들은 적도 있다. 아이들에게 그런 이름을 자주 불러 주어서 그렇게 자라기를 간절히 바라기 때문일 것이다.

나는 아이들에게 '기쁨 주는 천사'라고 길게 부른다. 정말 부르는 대로 되는 게 아닌가 싶어 전율을 느낄 때가 있다.

딸이 고등학교 1학년 때 어버이날 편지를 보내왔는데 머리말에 이렇게 썼다.

'엄마, 저 기쁨 주는 천사에요.'

자신을 기쁨 주는 천사라고 말하는 순간, 아이는 정말로 기쁨 주는 천사가 되고, 또 그렇게 되기 위해 나름 열심히 노력하는 것이 아닐까 안심이 되었다.

내가 언제부터 아이들을 그렇게 부르게 되었는지는 잘 모르겠지만 정말 탁월한 애칭인 것만은 틀림없다. 내 핸드폰에 아이들 전화번호 등록 이름도 기쁨 주는 천사 1호, 2호라고 적어 놓았다.

청소년기를 힘들지 않게 잘 넘기고 사회인으로 살아가는 두 아이들은 지금도 내가 그렇게 길게 불러 주는 것을 하나도 어색해 하지 않는다.

엄마도 사랑받고 싶어

같은 공간에 있는 것만으로도

시골로 집을 지어 이사를 오면서 손님방, 부부 방, 방이란 개념은 딱 2개만 만들었다. 화장실은 거실에 1개.

이미 결혼한 자녀를 둔 지인 분들이 이왕 시골에 집을 짓고 이사 가면서 왜 방을 그렇게 적게 만들었냐고 이해를 하지 못했다. 결혼한 자녀가 집에 오면 따로따로 방을 하나씩 줘야 하니 아이들 방을 각각 준비해 놓아야 한다는 것이다.

"저는요,
아이들이 오면 여자들, 아이들, 남자들끼리
몰아서 재울 거예요."

"무슨 말도 안 되는 소리를 하는 거니?
그럼 시댁이나 친정에 오고 싶어 하겠니?"
오는 사람마다 한마디씩 거들었다. 나의 생각을 아무리 설명해도 대부분 이해하지 못했다.

아이들은 고등학생 때부터 둘 다 기숙사 생활을 했다. 딸은 일주일에 한 번, 아들은 이주일에 한 번 집에 오면 절대 각자의 방에서 재우지 않았다. 거실에 이불을 깔고 함께 손을 잡고 잤다. 남편, 아들, 나, 딸 순서로 나란히 누워서 TV를 보며 온갖 훈수를 떨다가 포옹하고, 뽀뽀하고 손까지 잡고 잠을 잤다. 서른이 넘은 아이들이 집에 오면 지금도 당연히 거실에서 함께 자는 것으로 알고 있다.

사람들이 웃긴다고 할지는 모르지만 나는 내 고집을 계속 지키고 싶다. 아이들이 결혼하고 각자의 가정을 가지면 사실 얼마나 자주 부모 집에 올 수 있을 것인가. 많으면 일 년에 4, 5번 적으면 명절이나 생일에나 올 것이다. 요즘은 생일도 아이들이 사는 동네로 가 식당에서 밥 한 끼 먹고 케이크 자르고 오는 것이 일반적이다. 그런데 어쩌다 부모 집에 와서도 각자의 방으로 들어가 핸드폰만 하고 있다면 집에 온 것 같지 않을 거라고 생각한다.

만약 각자의 방이 없다면 싫어도 함께 있을 수밖에 없다. 시어머니와 며느리와 딸이 한 방에서 이런 저런 이야기 나누면서, 남편 흉도 보고 시어머니의 시아버지 흉도 들어가며 하룻밤을 보낼 생각을 하니 벌써 기분이 좋아진다. 또 남자들은 거실에서 사위, 아버지, 아들이 함께 있으면 재미난 이야깃거리가 얼마나 솔솔 생겨나겠는가! 또 손자손녀들도 한 방에서 모여서 이런저런 놀잇감을 찾는다면 이 또한 즐겁지 아니한가.

어쩌면 우리 집에 들어오는 순간부터 핸드폰도 압수할지 모르겠다. 그것이 싫어서 오지 않는다면 그것 또한 내가 감당해야 할 일이지만 그래도 누가 아는가 그런 것들이 정말 멋진 추억이 될지.

나는 성녀다

밀리언즈라는 영화의 한 장면, 죽은 엄마가 성녀의 모습으로 아이에게 나타나서 대화를 나눈다.

"엄마는 성녀가 되었어요?"
"그럼, 내가 성녀가 되었으니 너희를 만나러 왔지."
"성인 성녀가 되는 데는
절차가 까다롭고 기적도 있어야 된다고 들었는데……"
"데미안! 엄마에겐 네가 바로 기적이란다."

기적이라는 말의 사전적 의미는 '상식으로는 생각할 수 없는 기이한 일, 신(神)에 의하여 행해졌다고 믿어지는 불가사의한 현상'이다. 평범한 일들이 반복적으로 일어나는 일들을 우리는 기적이라고 부르지 않는다. 누구에게나 쉽게 일어나는 것도 기적이라고 하지 않는다.

독실한 가톨릭 신자인 지인에게서 들은 재미있는 일화가 있다. 그녀는 매일 새벽에 아침밥을 짓기 위해 부엌으로 가기 전 거실 성모상을 보며 성호를 긋고 하루를 시작한다고 한다. 그날 새벽도 평상시 하던 대로 간단하게 성호를 긋기 위해 눈을 부비며 성모상 조금 먼 거리에 섰는데 성모상이 피눈물을 흘리고 있었단다. 너무나 놀라고 무서워 순간적으로 눈을 감고 뒤로 돌아섰단다. 정말 간절한 마음으로 기도까지 했다고 했다.

"하느님, 저는 이런 기적을 바라지 않습니다."

어이없는 그 상황을 확인하기 위해 거실 불을 켜고 실눈으로 천천히 돌아보았을 때 안도의 숨을 쉬게 되었다고 한다. 아들이 전날 밤에 성모님께 화장을 시킨다고 엄마 립스틱으로 성모님 볼에 볼연지를 바르고 입술을 칠해 놓았던 것이다.

그 지인은 왜 기적이 자신에게 일어나는 것을 두려워했을까? 물론 나도 그런 기적은 정말 원하지 않는다. 기적의 대가가 얼마나 힘든지 우리는 이미 간접경험으로 많이 들어왔다. 특히 종교적 기적은 대단한 용기와 희생이 따라야 기적이라고 드러내 놓고 말할 수 있기 때문이다.

과연 우리는 기적을 어떻게 생각하고 어느 수준으로 기적을 바라는 것일까? 나에게 당장 기적이 주어진다면 나는 무엇을 바랄 것인가? 한 번은 장난삼아 몇몇 학생들에게 물어보았다.

"너에게 딱 한 가지 소원을 이룰 수 있는 기적이 주어진다면 무엇이 일어났으면 좋겠니?"

열에 열 모두 "돈" 아니면 비슷한 것이었다. 물질만능주의 시대에 돈은 가장 필요한 것이기도 하지만 얻기도 쉽지 않아서인지 기적의 대열에 떡하니 일등으로 차지하고 있다.

이 영화를 통해 기적이라는 단어를 다른 관점으로 바라보게 되었다. 사실 너무나 많은 기적이 매일 일어나고 있다. 그래서 나는 내 사전에 기적이라는 말의 사전적 의미를 바꾸고 싶다.

'상식으로는 생각할 수 없는 기이한 일'이 아닌
'상식으로 생각할 수 있는 작은 일들이 지속적으로 일어나는 일',
'신(神)에 의하여 행해졌다고 믿어지는 불가사의한 현상'이 아닌
'누구에게나 일어나는 지극히 평범하고 행복한 일상'으로.

정말 그렇다. 아이가 태어났을 때 양손가락이 다섯 개씩 달려 있는 것에 감사했고, 귀가 들리기 시작했을 때는 내 목소리를 알아듣고 고개를 돌릴 때 환성을 질렀고, 눈에 무엇인가 보이기 시작했을 때 우리를 알아봐 주고 웃어주는 것에 감동했고, 이 모든 것이 기적이라고 감사했다. 지금, 같은 공간은 아니더라도 지구에 함께 있고 매일 목소리 듣고 잘 지내고 있다는 이야기만 들어도 사실 기적인 것이다.

밀리언즈라는 이 영화를 아주 오래전에 보았다. 엄마 없이 아빠와 사는 어린 두 형제에게 갑자기 엄청난 돈 뭉치가 생겼고 몰래 조금씩 그 돈을 사용하게 된다. 하지만 결국에는 그 돈이 본인들을 망친다는 것을 깨

닫고 돈을 태워버리며 끝나는 줄거리이다. 주옥같은 대사가 많이 나왔지만 특히 기억에 남는 기적에 관한 이 대사를 나의 느낌과 함께 큰 아이가 고등학교 2학년이었을 때 편지로 보냈었다.

아들, 네가 바로 우리의 기적이야!
그러므로 엄마도 성녀가 될 수 있지 않을까!
나에게 엄마라고 부르는 멋진 아이가 있다는 것은 내 인생의 홈런이고 기적이야!

엄마도 사랑받고 싶어

70세에 딸이 없는 것은
7세에 엄마가 없는 것과 같다

딸에게서 그림과 문구가 카톡으로 왔다.

'70세에 딸이 없는 것은 7세에 엄마가 없는 것과 같다'

마음이 울컥했다. 이런 문구를 보낸 딸이 너무 고마웠다. 요즘은 정말 딸을 많이 의지하고 있기 때문이다. 딸도 그런 엄마 마음을 느끼고 있는지 마치 걱정하지 말라고 위로 하는 것 같았다.

어제는 어린이날이었다. 딸이 유치원시절부터 초등학교 저학년까지 어린이날 사생대회에 나갔었다. 도시락을 싸기 위해 전날부터 부산 떨며 밤 늦게까지 준비하고 있으면 아이들은 괜스레 옆에 와서 무엇을 만드나 궁금해 하며 요것조것 묻던 그 시절이 너무나 그립다. 어쩌다 하나씩 입에 넣어주면 큰 횡재라도 한 듯 기뻐하던 모습! 자기들 때문에 늦게까지 일하는 엄마가 안쓰러웠는지 슬며시 뒤에서 안아주던 아이들이 이제 이렇게 커서 자신들이 우리를 돌볼 거니까 걱정하지 말라는 말을 해주는 것 같았다. 60 중반을 향해 가고 있는 나에게 딸이 있다는 것이 정말 위로가 된다.

그런데 사실 아이들에게서 무엇인가를 대접 받는 것이 익숙하지는 않다. 이제는 다 큰 성인으로 직장을 다니고 있어서 인지 우리에게 매달 용돈도 주고 이런저런 것들을 사주고 대접하고 싶어 한다. 너무나 고맙긴 한데 받을 때 괜히 쭈빗거려지고 미안한 마음도 들고 편안한 마음이 들지 않는다. 많이 물려 줄 수 있는 재산도 없고 저희들이 벌어서 결혼자금도 마련해야 하는 아이들에게 정말 미안해서 더욱 받기 쑥스럽다.

받아도 어색하고 안 주면 더 섭섭하고 내 마음을 종잡을 수가 없다. 자녀들로부터 용돈을 받고 있는 친구들과 이 문제로 이야기를 나눈 적이 있다.

"받을 때는 기분 좋게 받아. 받는 것이 처음에만 어렵지, 그 다음부터는 괜찮아."

"우리도 받는 연습을 해야 하지 않을까! 나도 받는 것이 미안해서 그 돈 적금 들었어. 결혼할 때 줄려고."

"뭐하러 그래! 아이들 말대로 그냥 써. 줄만하니까 주는 것 아니겠니?"

나도 적금을 넣어야 되나, 그냥 막 써도 되나 아직도 갈팡질팡이다.

나도 결혼하기 전 월급을 받으면 회사 근처로 엄마를 불러서 그 당시 경양식이라고 불렀던 음식을 종종 사드렸었다. 그 때 엄마도 나 같은 마음이었을까? 엄마는 한 번도 우리에게 옷을 사달라고 한 적 없고 맛있는 것 사달라고 한 적도 없었다. 결혼한 후에 용돈을 드렸을 때도 받기 민망스러웠는지 엄마가 한 말이 어렴풋이 생각난다.

"너 쓸 것도 많은데
엄마 용돈 안 줘도 돼."

그러면서 극구 사양한 적은 없었던 것 같다. 엄마도 나 같은 마음이었을 것이다.

얼마 전까지만 해도 반찬이며 음식을 한 보따리씩 해서 등에 짊어지고 전철 타고 딸 집에 가서 냉장고를 채워 놓았는데 이제는 그러지 않는다. 언제부터인가 그러지 않기로 마음먹었다. 딸이 엄마 힘들다고 하지 말라고 하기도 하고, 다이어트 음식과 몸에 좋은 음식으로 냉장고, 냉동고를 꽉 채워 놓고 사는 딸을 보고 그렇게 하지 않기로 했다. 정말 필요하다고 하는 것만 해주려고 한다.

요즘은 딸이 이것저것 요리 방법을 나에게 가르쳐 주기도 한다. 그래도 자신의 살림이라고 이것저것 아이디어가 반짝이는 생활필수품들이 딸 집에 구석구석 차지하고 있어서 오히려 내가 챙겨 오기까지 한다.

거북이의 고독한 경주

토끼와 거북이 이야기는 누구나 알고 있는 유명한 이솝 우화이다.

사실 이 이솝우화는 심리학에서 책 한 권을 채워도 될 만큼 많은 심리적인 요소가 숨어 있다고 한다.

거북이가 토끼의 제안을 받아들인 것은 토끼처럼 빠르지 못한 열등감을 가지고 있었고 토끼가 거북이의 열등감을 건드리자 이성적 판단을 하지 못해 시합에 응한 것이라는 견해가 있다. 이는 거북이는 결코 성실한 사람의 표본이 아니며 어쩌면 토끼를 이겨볼 수도 있겠다는 현실을 직시하지 못한 행동일 수도 있다는 것이다. 또 거북이에게 토끼를 이길 수 있는 기회가 왔을 때 토끼를 깨우지 않은 것은 처음부터 토끼를 좋아하지 않았다는 견해도 있다.

다른 의견에서는 토끼는 '능력자, 지배자'이며 거북이는 '성실하게 노력하여 성공을 거두는 지극히 평범한 사람'으로 대변된다. 토끼는 거북이를 보면서 능력이 없고, 게으른 동물이라고 생각하지만 무의식으로 자신의 열등한 면을 보게 된다. 토끼는 자신의 낮은 자존감을, 열등감을 해소하기 위해 말도 안되는 경주를 제안한 것이다. 마치 수학을 잘하는 아이가 미술을 잘하는 아이를 상대로 미적분 풀기 시합을 하는 것과 비슷하다고 볼 수 있다. 하지만 토끼는 자신은 낮잠을 자도 이길 수 있다는 자만심을 극복하지 못하고 낮잠을 자 지게 되었다.

사실 거북이는 토끼보다 능력이 부족하다고 할 수 없다. 게으르지도 않다. 토끼가 사는 세계인 들판에서 토끼가 우세하겠지만, 거북이는 자신이 살고 있는 세계인 바다에서는 수영을 더 잘하기 때문에 훨씬 유리하다. 만약 바다에서 경주를 하게 된다면, 당연히 거북이가 이길 것이다. 이때는 토끼가 바로 패자다.

나는 아들이 이 토끼와 거북이의 이야기에서 거북이 같다는 생각을 했다. 만약 친한 친구가 가지고 있는 '어떤 것'에 대해서 부러움을 느끼고 있다면 가질 수 없는 자신의 모습을 비난하지 않고 그대로의 자신을 수용하고 자신의 길을 꾸준히 가기를 바랐다.

강원도 내에 있는 모든 중학교에서 대부분 1, 2등 하던 아이들끼리 모여 또 경쟁을 해야 하는 상황에서 아무리 노력해도 성적이 오르지 않을 수도 있는 아들에게 미리 위로를 해주고 싶었다.

거북이는 토끼와 경주한 게 아니라
자신이 어디까지 할 수 있는지를 스스로 토닥이며
자신과의 싸움을 한 것임을 아들에게 일러주고 싶었다.

그래서 아들에게 토끼와 거북이 이야기에 관한 여러 이야기를 써주며
편지를 보냈다.

사랑하는 아들!

*오늘도 열공하고 있을 아들에게 '이래라 저래라'라는 말은 참 무의
미하다는 생각이 든다. 다만, 아들이 지치지 않기를 바랄 뿐이다.
인생은 길단다. 좀 느리게 간들 어떻겠니?*

*어떤 목사님은 50이 다 되어 이스라엘로 유학을 떠나서 박사학위
받고 한국에서 대학교수로 계신다는 뉴스를 옛날에 본 적 있다.
아들도 조금 느리더라도 천천히 너의 길을 갔으면 한단다.*

*토끼와 거북이의 경주 이야기를 아들은 알고 있을 거야. 훨씬 앞질
러간 토끼보다 느리게 간 거북이가 이긴 이야기지. 사실 거북이는
토끼와 경주한 게 아니라 자신과의 싸움을 한 것이라 생각한다.*

*거북이는 자신의 목표를 향해 그냥, 열심히, 포기하지 않고 나아
간 것뿐이야. 주위 친구와 비교하지 않고 자신의 페이스로 앞으로
나아간 것이 아닐까.*

*포기는 결과가 없지만, 노력은 어떤 방향으로든 간에 결과가 있기
마련이지. 아들에게 부족한 부분이 있다면, 틀림없이 노력으로 채
워질 거라 믿어. 거북이처럼.*

절대 너무 조급하게 생각 하지 마. 또 길도 한 길만 있는 것이 아닐 테지. 지금 처해진 상황에서 최선을 다해도 잘 안 되는 것을 자신의 탓으로 돌리지도 마. 최선을 다했다는 것에 자부심을 가지는 것이 중요해.

예를 들어 아들이 어떤 과제를 이행하는데 실패했다고 하자. 그러면 너무 화를 내거나 실망하거나 창피해서 그것을 포기한다면, 영원히 너의 것으로 만들 수도 없고, 반복함으로써 드디어 성공했을 때 느끼는 큰 즐거움을 결코 느낄 수 없을 거야.

무엇이든지 10년을 하면 그것의 대가가 된다는 말이 있다.
엄마는 사실 그렇게 하질 못했어. 조금만하다 그만 둔 일들이 참 많았다. 조금만 더 했더라면 하는 아쉬운이 정말 오래오래 남는 일들도 있단다. 아들이 그런 실수를 하지 않기를 바래.

오늘도 여전히 딱딱한 의자에 몇 시간을 앉아 있을 아들 생각에 가슴이 답답해진다. 그래도 잘도 견디고 있는 아들이 대견하고 의젓하고 그 의지와 열정이 대단한 무서운 10대다.

아들이 어린나이인데도 불평 없이 열심히 하는 모습을 보면 우리도 마음을 다시 다 잡아 본다.

워즈워드의 시에 '아이는 어른의 아버지'라는 구절이 생각난다.
아들이 딱! 그 아이다. 고맙다. 내 아들이라서!

Jesus CEO

'Jesus CEO'라는 책을 남편이 사 왔다. 읽고 액기스만 요약해서 아들에게 보내라는 특명을 나에게 주었다. 고등학생인 아들은 책 읽을 시간이 없으니 내용을 요약해서 보내라는 것이다. 그리고 그 요약 끝에 '아빠가 그렇게 시켰다'라고 꼭 써달라고 당부했다. 정말 좀 웃기는 사람이다. 고생은 내가 하고 본인은 숟가락만 올려놓겠다는 얄팍한 수를 드러냈다. 그래도 나는 책을 읽기 좋아하니 쿨하게 받아들이기로 했다.

Jesus CEO를 읽고 아들에게 장문의 편지를 써 주었다. 남편의 바람대로 마지막에 '아빠가 시켰다'는 말도 잊지 않고 달아 놓았다.

기쁨 주는 천사님 1호!

오늘도 여전히 책상 하나에 전등 하나 밝히고 딱딱한 의자에 쭈그리고 앉아서 쉼 없이 흘러가는 시간에 너의 꿈을 실어 놓고 열심히 페달을 밟고 있을 테지.

엄마도 사랑받고 싶어

이 밤 눈을 껌벅거리며 잠을 쫓아내고 있는 너를 생각하면 엄마도 쉬이 잠자리에 들기가 어렵구나. 언제나 하는 말이지만 무엇보다 건강이 우선이라는 것 명심해.
너의 꿈은 천천히 이루어도 된다.

이번 주는 *Jesus CEO*라 책에 대해 이야기 하고 싶다.
사실 이 책은 아빠가 어디서 들었는지 이 책이 유명하고 미래의 리더에게 꼭 필요한 내용이 많다며 추천했다.

자신은 읽어 보지도 않고 나에게 읽고 아들에게 요약본을 보내라고 부탁을 했단다. 독후감으로 쓰자니 서너장은 나올 것 같아서 포기하고 이것저것 떼고 나니 조금은 중구난방이 된 듯하다. 나중에 시간이 되면 직접 꼭 한 번 읽었으면 좋겠다.

이 책은 크게 3 파트로 구분되어 있어.
자아극복의 강점, 행동의 강점, 인간관계 형성의 강점.

자아극복의 강점에 대하여

1. 자신만의 에너지 충전 방법을 개발하라.
재미난 글이 있었다.
나비의 날개 위에 있는 비늘이 사실은 태양전지와 같아서 나비들이 아침햇살을 받아야만 날개를 펼친다고 해. 아침햇살의 에너지원이 없다면 나비들은 날 수가 없다고 한다.

많은 스타들, 특히 록스타들이 알코올, 마약에 쉽게 의존하는 것도 무대에서 엄청난 에너지를 발산한 후에 비축한 에너지의 고갈로 즉각적 에너지가 필요하기 때문일 수 있다고 한다.

샌디에고 해변에 해가 수평선으로 잠길 때 쯤 수백 마리의 갈매기들이 움직임을 멈추고 엄숙하게 지는 해와 작별을 고한다고 한다.

또 새들이 전깃줄에 도열해서 지는 태양을 바라보며 하루에 작별인사를 한단다. 열심히 살았던 하루를 감사하고 또 다른 해가 뜨기를 간절히 기원하는 마음으로 치열했던 하루의 삶을 내려놓고 위로와 에너지를 보충하는 시간이 아니었을까 생각한다.

예수님도 날마다 서너 시간씩 그의 상사인 하느님과 만나셨다. 고갈된 에너지의 충전이 필요하셨던 게지.

아들도 요즘 공부로 머리에 과부하가 올 수도 있을 거야. 앞으로 아들이 대학을 가고 사회생활을 하게 될 때도 과부하가 올 상황을 많이 만나게 될 수 있어. 그럴 때 아들만의 에너지 충전을 잘 찾았으면 해. 운동도 좋고, 친한 친구와의 교제도 좋고, 독서, 기도 등등.

아들이 중학생 때 성장판이 닫혀서 다리가 더 이상 길어지지 않는다는 소릴 들었었지. 그때 아들이 정말 실망했던 모습이 떠오른다. 우리는 무슨 위로를 해야 할지 몰라서 괜찮다는 말밖에 할 수 없었다. 아들은 방에 들어가서 몇 시간 잠을 자고 나오더니 말했단다.

"엄마, 괜찮아요. 작은고추가 맵다는 말도 있잖아.
정말 키가 크고 싶으면 정강이 수술하지 뭐."

우리를 위한 위로인지 진심인지 이상한 말로 우리를 웃겼지만 엄마는 마음이 많이 아팠다. 그래도 그때 아들이 몇 시간 잠을 잔 것이 어쩌면 에너지 충전의 시간이 아니었나 싶다.

2. 자신의 감정을 표현하라.
예수님은 자신의 마음을 잘 표현하셨다. "오 그래. 신경 쓰지마."
등으로 감정표현의 순간을 지나쳐 버리면, 즉 감정표현이 억압 받으면 폭력적이 되거나 쉽게 사회악에 전염된다고 한다.

엄마는 이 부분에서 위로를 받는다.
우리는 큰 소리로 잘 다투었지. 누가 보면 엄마와 아들이 싸우는 줄 착각할 정도로 목소리를 높인 적이 꽤 있었다. 엄마나 너나 목소리가 크기 때문에 대화도 싸우는 것처럼 보일 때가 종종 있었어.

한 번은 아빠가 너에게 말 한 적이 있었다.
"너는 엄마에게 왜 그렇게 대드니? 엄마 남자 친구로서 속상하다."
그때 네가 말했다.

"엄마가 할 말 있으면 꼭 하라고 했어.
안에서 풀어야지 밖에서 풀면 안 된다고."

그래도 우리는 대화 후 결론을 찾으면 서로 포옹하고 좋아했다.

3. 리더는 어리석게 보이는 것을 두려워해서는 안 된다.

에디슨이 전구를 발명하기까지 수천 번 어리석다는 소리를 들을 만큼 실험을 했고, 벤자민 프랭클린은 폭풍우 속에서도 지붕에서 연을 날린 어리석은 자였다. 그로 인해 번개가 전기를 방전한다는 것을 증명하였다.

그는 번개를 구름에서 끌어내기 위해 금속으로 만든 뾰족탑을 세우자고 제안한 최초의 사람이었다. 이러한 연구들의 결과로, 또 프랭클린의 실용적인 면의 재현으로, 그의 피뢰침이 발명되었다.

4. 예수님은 자신이 한 일에 대하여 절대적으로 긍정적이셨다.

복음서의 어떤 구절에도 예수님은 자신을 비하하는 내용이 없다고 한다. 예수님은 자기인식과 자기애로 충만하셨다. 무엇을 하러 왔는지의 소명에 대해 애매모호하지 않았다. 우리는 100%의 자신감을 교만이라고 생각할 수도 있다. 그러나 교만은 자신감의 결여이지 자기 믿음의 결여는 아니다.

5. 예수님은 사소한 것들을 무시하지 않았다.

"공룡은 멸종했지만 토끼는 아직도 살아 있다."라는 말이 이 이야기를 대변하고 있다. 예수님은 사소한 것들을 무시하지 않고 그 사소함을 가치 있게 만드는 분이셨다.

예를 들어 열두 해 동안이나 하혈 병을 앓던 어떤 여인이 예수님의 옷자락에 손을 대는 일이 있었다. 예수님의 옷에 손을 대기만 해도 나으리라고 생각하였던 것이다(마태복음 제9장).

예수께서 그 여자를 돌아보시고 "안심하여라, 네 믿음이 너를 낫게 하였다."고 말씀하셨다. 그 사소한 상황을 믿음의 문제로 크게 승화시킨 것이다.
예수님께서는 눈길마다, 질문마다, 만남마다 가치를 부여했다.

어린 소녀가 가진 떡 한 덩어리가 수천 명을 먹일 수 있는 재료가 된 이야기에도 작은 빵 덩어리 하나의 기부와 예수님의 그 빵에 대한 축복이 수천 명을 먹이는 효과를 낳았다.

행동의 강점에 관하여

1. 예수님은 모든 것 모든 사람을 살아있는 존재, 가능성으로 가득 찬 존재로 보셨다.
'하나의 훌륭한 아이디어가 1달러의 가치를 지닌다면 그 아이디어를 실현시키는 계획은 1백만 달러의 가치를 가집니다.'라는 말이 있다. 아이디어도 중요하지만 실현시키는 행동이 중요하다는 이야기다.

2. WOWSE(With Or Without Someone Else)
'누가 있든 없든 간에'라는 의미를 가진 WOWSE로 '내 앞에 있는 일을 단지 한다'를 실현하신 분이라고 한다.
완벽한 시기를 기다리는 것은 현재 당신이 처해있는 위치에 안주하려고 하는 데에 대한 구실이나 합리화로 작용한다.

3. 예수님은 성공으로 가는 첫 단계로 함께 일할 팀을 만들었다
예수님은 사회에서 인정받지 못한 제자들이라고 해도 지속적으로 그들과 함께하고 교육하고 예수님의 팀을 믿고 지지했다.

4. 예수님은 사물을 다르게 보셨다.
나자로를 모두가 죽었다 할 때는 그는 잠이 들었다고 말했다.
어떤 여인이 비싼 향료를 예수님의 머리에 부었을 때,

"이렇게 낭비를 하다니 이것을 팔면 많은 돈을 받아 가난한 사람들에게 줄 수 있을텐데"라고 제자들이 말했다. 하지만 예수님께서는 다르게 말씀하셨다.

"가난한 사람들은 언제나 너희 곁에 있겠지만 나는 너희와 언제까지나 함께 있지는 않을 것이다. 이 여자가 내 몸에 향유를 부은 것은 나의 장례를 위하여 한 것이다. 이 여인의 행동이 복음이 전해지는 곳마다 알려지고 기억될 것이다"

인간관계 형성의 강점에 대하여

1. 역사는 사람들이 그들 자신보다 훨씬 뛰어난 어떤 것을 갈망한다고 한다. 이러한 것을 제공하는 리더들에게 추종자가 끊이지 않는다.

2. 사람들은 개개인의 공헌이 얼마나 중요한가를 이해할 때 더욱 더 열심히 한다.

엄마도 사랑받고 싶어

아이들에게 짧은 동화를 읽고 스스로 그 이야기를 자신이 원하는 이야기로 바꿔보라고 하면 자신이 쓴 이야기를 들려주는데 굉장히 열정적이고 적극적이라고 한다.

3. 꽃을 보기 위해 시간을 투자하듯이 한 명의 친구를 사귀기 위하여 시간을 투자해야 한다.

예수님은 자신이 택한 제자들과 많은 시간을 보냈다.
사람들은 자신이 사랑받고 있다는 것을 배우게 되면 어디에서든지 사랑하는 리더를 따른다. 예수님께서는 제자들을 공적으로 사적으로 인정하셨다.

"너희가 무엇이든지 땅에서 매면 하늘에서도 매여 있을 것이며 땅에서 풀면 하늘에서도 풀려 있을 것이다.", "베드로야 물 위로 걸어 오너라.", "너희들은 신성하다." 등의 많은 말들로 제자들에게 힘과 권한을 보내 주셨다.

4. 용서는 엔진 오일이다.

5. 예수님은 다른 사람들의 요청에 "예"라고 대답 하신다.

6. 리더는 스태프들에게 일의 장기적인 중요성을 보여 줌으로써 특수한 에너지를 이끌어 낼 수 있다.

사랑하는 아들, 정말 이야기가 길어졌다. 대충 읽고 가슴에 팍 와 닿는 문구 하나라도 있다면 그것만 잡고 기억해도 돼. 없다면 뭐 나중에 책 읽으면 되겠지.

사실 엄마가 이 글을 읽고 쓰면서 더 많은 것을 배운다. 이번 한 주도 멋지고 보람찬 하루하루가 되길 바란다.

사랑해.

엄마도 사랑받고 싶어

핑계거리 찾아 주기

이솝 우화에 포도나무와 여우 이야기가 있다. 원래의 교훈은 쉽게 포기하거나 남의 탓을 하는 여우의 성품을 본받지 말라는 것이다. 하지만 나는 다른 시각으로 교훈을 얻고 싶다.

어쩌면
여우는 현실적응력이 뛰어난,
긍정적인 사고의 소유자가 아닐까 생각한다.

여우는 포도에 손이 닿지 않자 사실 본인의 능력으로는 아무리 노력해도 안 되니까, 포도가 너무 시어서 못 먹을 거라고 자신에게 최면을 걸었다. 요새 말로 쿨하게 포기하고 미련 없이 돌아 설 수 있지 않았을까? 자신의 키 보다 높이 달려있는 포도열매 그 자체에만 너무 집착을 하게 되면 키 작은 자신을 비난하게 될 것이고, 자신의 부족한 운동신경을 탓하게 되지 않았을까? 혹은 좀 더 키 큰 여우를 너무 부러워해서 의기소침해 질 수도 있지 않았을까? 그래서 해도 해도 안 되는 자신을 영원히 포기하는 사태가 올 수도 있는 것이다. 나는 아들이 그런 집착에 빠지지 않기를 바랐다.

카이스트에 간 아들을 둔 남편의 친구가 그의 아버지께 이렇게 말했다고 한다.

"아버지, 나는 왜 이렇게 머리가 나빠요. 한계를 느껴요."

후~ 카이스트에 간 아이가 머리가 나쁘다니, 마음이 아픈 대목이었다. 내 아이도 본인은 노력하는데 결과가 제대로 나오지 않으면 이런 가슴 아픈 말을 하게 되겠지 생각하니 걱정이 되었다.

그래서 처방을 내리기로 했다. 다른 곳에 조금 눈을 돌리게 하자. 그래야 결과가 제대로 나오지 않았을 때 본인 스스로 핑계거리를 찾을 수 있을 테지. 그러면 본인에게 절대로 실망을 하지 않을 것이다. 대학교와 대학원 생활 동안 나의 이 핑계거리 찾기 처방은 잘 먹히고 있었다.

테니스동아리 회장도 맡으면서 포항공대와 시합도 하고 이미 졸업한 선후배들과 관계도 돈독하게 쌓고 있었다. 대학원생일 때는 벤처동아리 회장도 했었다. 많은 유명인사를 초청해서 강연도 열었다. 대학 1학년 때는 대학 밴드부에서 메인싱어를 해 보겠다고 대학교 가요제까지 나갔다. 입상은 못했지만 멋진 경험이었으리라 생각한다. 친구들이, 잘 불렀는데 왜 떨어졌는지 모르겠다고 뒤풀이로 말했단다. 학교공부 이외에 이것저것 활동을 하는 모습을 보며 마음이 얼마나 놓였는지 모른다.

기쁨주는 천사님!

더위에 고생이 많지? 놀고 싶고, 만화책도 보고 싶고, 잠도 실컷 자고 싶고, 그 외 하고 싶은 것들이 한참 많을 나이인데도 참 잘 참고 잘 견디고 있어서 대견하다. 너가 애쓰는 모습을 보며 아빠 엄마도 대충 하루를 보내면 안 되겠다고 결심한단다.

아들,
엄마가 항상 하는 이야기지만, 공부가 전부는 아니다. 지금 너에게 처해진 상황에서 최선을 다하고 그 상황 자체에서 행복을 찾으려고 하면 그게 행복인거고, 잘 사는 거야.

너무 조급해 하지 말아요. 지금 이 순간을 즐기는 거야.
지금 이 순간이 바로 미래야.
지금 이 순간이 없는 미래는 있을 수 없지.
지금 이 순간이 최고의 기회고, 마지막 기회라고 되새기자.
지금 이 순간은 어제 죽은 이가 너무나 바랐던 내일이라는 명언도 있지. 엄마는 공부만 하라는 것 절대로 아닌 것 알지?

책도 읽고, 너 좋아하는 노래도 많이 부르고, 운동도 많이 하고, 웃기도 많이 웃고(자주 의식적으로 입 꼬리를 위로 올리며 웃어. 그러면 뇌는 진짜로 웃는 것으로 착각해서 엔도르핀을 생산한단다).

아들이 나중에 고등학교 생활을 되돌아 볼 때, '나는 공부만 했어'라고 하지 않기를 바란다. 많은 추억을 만들고 황금 같은 시절이었다고 회상하기를 바란다.

나의 사랑 법

위인전을 읽는 이유

　친하게 지내는 후배의 딸이 대학 시험을 보게 되었다. 나의 기운을 받고 싶다고 내 손을 꼭 잡았다. 나의 아들딸이 모두 좋은 대학을 갔다고 생각했는지 그 운을 받고 싶다고 했다. 나도 어떻게든 그녀의 간절함을 함께 공유하고 싶어서 손을 꼭 잡고 마음속으로 간절히 빌어 주었다.

　나도 한 때 아들이 중학생이었을 때 한 성당 자매님의 손을 잡고 똑같은 행동을 했었다. 그 자매님의 아들이 카이스트에 입학해서 그녀의 기운을 나도 받고 싶었다. 그 자매님의 아들은 카이스트에, 딸은 연대 디자인과를 갔고, 나 역시 아들은 카이스트에 딸은 홍대 미대를 갔다. 부러워하고 정말 축하해주고 그렇게 되고 싶다고 긍정적으로 생각하면 이루어지나 보다. 후배 딸과 아들도 정말 좋은 대학을 갔다.

　우리는 아이들에게 위인전을 읽으라고 권유한다. 대부분의 집에는 위인전 한두 권은 있다. 아니 시리즈로 이삼십 권의 전집을 부유한 집들도 많다.

　　　　　　　　　　　　　　　　　엄마도 사랑받고 싶어

우리는 아이들에게 왜 위인전을 읽게 하는 것일까? 물론 그렇게 닮아가기를 바라기 때문일 것이다. 내가 성당 자매님께 한 행동이나 후배가 나에게 한 행동이 어쩌면 위인전을 아이들에게 읽혀서 꼭 그렇게 되었으면 하는 마음이 아닐까 하는 생각이 들었다.

위인전을 읽고 위인들이 했던 생각과 행동을 따라하고 그 부모들이 했던 방식을 모방하고 우리 아이들에게 적용하고 싶기 때문일 것이다.

남편은 아이들이 탄 상장을 액자로 만들어서 거실에 걸어 놓고 보는 것을 즐긴다. 나는 누가 오면 자랑하는 것 같아서 싫다고 걸어 놓지 못하게 했지만 남편은 본인이 좋아서 하는 건데 남이 무슨 상관이냐고 기어이 거실 한 벽을 아이들의 상장이 들어간 액자들로 화려하게 장식해 놓았다.

한 번은 한 자매님이 우리 집에 와서 그 액자를 보고 한 마디 했다.

"언니, 인생은 새옹지마라고 했어요. 너무 이렇게 자랑하면 안돼요."

나는 이 말이 너무 무서웠다. 아니 잘 되어가고 있는 집안에다 구정물 붓는 것도 아니고 이렇게 말하다니 이 자매님의 의도를 의심하지 않을 수 없을 만큼 기분이 나빴다. 나도 속물인지라 그 다음부터 그 자매님과 만나기 싫었다. 물론 길가다 인사만 하는 정도로 멀어지게 되었다.

그 당시에 아들에게 긍정의 마음에 대해 편지를 썼다.

나의 기쁨 주는 천사님!

오늘은 긍정적인 사고방식에 대한 이야기를 할까해.

이스라엘 백성이 가나안 땅으로 들어가기 전에 사전 답사를 하고 오라고 12명의 밀정을 보냈어. 12명 중에서 2명만이 설사 그 땅에 사는 사람들이 모두 거인들이고 정복하기 힘든 곳이라 하더라도 작은 가능성만이라도 있다면 하느님의 도우심으로 정복 가능하다고 긍정적으로 판단을 내렸어.

나머지 사람들은 여러 가지 핑계거리를 대며 불가능하다고 했지. 그런데 결국 긍정적으로 본 사람들은 가나안 땅으로 들어갔고, 부정적으로 본 사람들은 들어가지 못했다고 한다.

가령 예를 들어,
엄마들과의 대화에서 한 아줌마가 "내 아들이 서울대학에 들어갔어."라고 이야기했다고 하자.

그러면, 어떤 아줌마는 "정말 좋겠다. 축하해. 어떻게 그렇게 키웠어. 비결 좀 가르쳐 줘"
이 사람은 긍정적인 사고방식의 소유자.

"서울대면 뭐해. 과가 좋아야지." 부정적 사고방식의 소유자
긍정적인 사고방식은 결국 자기가 원하는 바를 좋은 방향으로 이끌어 나가는 원동력이 된다고 생각해.

길가의 거지로부터, 어떤 기업의 악덕 사업가로부터, 악인으로부터 혹은 성인으로부터, 아니면 어떤 사소한 것일지라도 그것에서 긍정적으로 좋은 점을 발견하고 자기 것으로 만들고자 노력하기 때문이지.

특히 중요한 것은, 1%의 가능성은 99%의 불가능을 엎어 버릴 만큼 위대한 힘을 발휘할 수도 있다는 거야.
무엇으로 그것이 가능하냐고?
바로 우리 아들이 가진 위해한 재산- 긍정, 집념, 열정이 아닐까!

인간이 오늘까지 이렇게 발전해 온 것은
바로 1%의 가능성에
긍정과 집념과 열정의 에지을 부착한
위대한 사람들 때문일 거라 생각해.

사랑해. 내 아들! 집념의 싸나이!
오늘도 파이팅!

무서운 십대

한 아이를 키우려면 온 동네가 나서야 한다

"너는 어떻게 엄마에게 욕을 할 수가 있니?"
"듣고 있는 줄 몰랐죠."
"그래도 그렇지 너무하지 않니?"
"학교에서 엄마 아빠 욕하는 애들 많아요."

그렇다. 잠깐 잊고 있었다. 오래전에 내가 가르치는 학생 한 명도 울면서 나에게 하소연 하며 아버지를 쌍시옷을 넣어 욕했던 기억이 난다. "너는 어디 가서 나에 대해서도 이년 저년 하겠다."라며 혼을 냈었다.

하지만 이 아이와의 대화에서 단지 이 아이와 엄마와의 삐거덕 거리는 관계만의 문제는 아니라는 생각이 들었다.

"야야, 엄마가 잔소리 좀 한다고 그런 욕을 하면 누가 자식 키우고 싶겠니? 엄마는 너 잘 되라고 하는 이야기인데 그 잔소리 듣기 싫다고 욕하면 엄마 기분이 어떨 것 같아? 너만 엄마에게서 좋은 소리 듣고 싶은 줄 아니? 엄마도 엄마 사랑한다는, 고맙다는, 수고 많다는 그런 소리 듣고 싶어 해. 너희들한테서 사랑받고 싶어 한다고."

"그래요?"

"왜 엄마는 너희들에게 희생만 해야 되니? 너희들은 마음에 안 들면 반항이라도 하지. 엄마는 누구에게 반항해야 되니? 너희들은 화나면 집 나가고 밥 안 먹고 그러지? 밥 안 먹는 걸로 엄마 속 태우고 그러지? 그래도 엄마는 너희들이 굶으면 어떻게 될까봐 아무리 화나도 따슨 밥 해놓고 먹으라고 하지? 자식은 부모를 버려도 부모는 자식을 절대 못 버려. 부모는 자식을 늘 용서하지만 너희들은 좀 섭섭한 말을 해도 용서하기 힘들지? 엄마는 슈퍼우먼이 아니야. 엄마도 갱년기 사춘기라는 게 있어. 외로워지고 인정받고 싶고 그래."

"무슨 소리에요? 선생님. 요즘 엄마들은 자식 잘 버려요?"

헉! 말문이 막혔다. 앞에 길게 잔소리한 것 다 잘라 먹고 돌아온 말에 할 말을 잃었다.

"드라마나 뉴스 보세요? 자식 버리는 부모들 많아요."

"내 참! 너 드라마 너무 많이 봤구나. 그건 드라마야. 일반적인 사실이 아니야. 조그만 일을 극대화시킨 거라고. 설사 그런 일이 있다 하더라도 어쩌다 있는 말도 안 되는 상황이야. 그리고 너의 엄마가 너를 버릴 것 같니?"

"아뇨?"

"그러면 너와 엄마와의 관계만 생각해.

네가 아무리 화가 나도 엄마가 아무리 말도 안 되는 일을 시켰다 하더라도 욕은 네가 백번 잘못한 거야."

"잘못한 것 알아요. 잘못했다고 했는데 화가 안 풀렸어요."

"어떻게 빌었는데?"

"그냥 잘못했다고 했어요."

"그것 가지고 되겠니? 편지라도 쓰고 각서라도 쓸 각오라도 해야지."

"편지 써 본 적 없어요."

"그럼 이 번에 한 번 써봐."

"못 할 것 같은데요. 뭐라고 써요?"

"짧은 사과문이라도 써. 학교에서 너희 뭐 잘못하면 깜지라던가 글로 벌이라던가 뭐 그런 것 쓰잖아. 그것이라고 생각해. 그리고 엄마 안아주고. 엄마도 너희들이 와서 안아주기를 바라는 연약한 여자야."

"안아준 적 없어요. 더 이상해요. 못 해요."

어디서부터 잘못된 것일까?

무엇이 잘못된 것일까?

소통의 방법에 문제가 생긴 것일까?

내가 가르치는 아이들 대부분이 부모와의 스킨십을 잘 하지 않는다는 말을 듣고 정말 놀라지 않을 수 없었다. 심지어 어떤 남자아이는 그 질문에 기겁을 하며 말했다.

"요즘 미투미투 하는데 왜 안아요?"

책 읽기보다 드라마나 유튜브를 더 많이 보는 청소년들에게, 왜곡된 드라마나 자극적인 유튜브의 이야기를 사실이라고 쉽게 믿는 아이들에게 정말 좋은 글과 좋은 영상이 부족한 것이 아쉽다.

어떤 연구에서 5명씩 두 팀을 나누어서 A팀에게는 30분 동안 싸우는 영화를 보여 주고 B팀에게는 남을 도와주고 협동하는 영화를 보여 주었다. 그리고나서 한 명씩 좁은 복도를 지나가게 했다. 성인 한 명이 지나가면서 지나가는 아이를 툭 치게 했다. 그리고 그 아이들의 반응을 촬영한 연구였다.

결과는 놀라웠다. 싸우는 영화를 본 5명 중 4명은 자신을 치고 지나가며 미안하다고 하지 않는 사람을 어이없다는 듯 흘겨보거나 뒤에서 욕을 했다. 하지만 B팀의 아이들 다섯 명은 모두 설령 자신이 친 것이 아니더라도 먼저 미안하다는 말을 했다. 우리가, 우리의 환경이 아이들을 그렇게 만들고 있는 것이다.

우리 부부는 아침 여섯 시에 TV 뉴스가 자동으로 켜지게 만들어 놓고 알람을 대신했었다. 하지만 비몽사몽 아침에 잠을 깨자 마자 듣는 이야기는 사건 사고 이야기뿐이었다. 어느 순간 이건 아니지 않나 하는 생각이 들었다. 기분 좋게 일어나서 듣는 이야기가 거북한 내용으로 시작해야 하나라는 생각에 아침에 뉴스를 보지 않기로 했다. 아침부터 기분 나빠지기 싫었다. 하지만 얼마가지 않아서 다시 뉴스로 하루를 시작하고 있었다. 피할 수 없는 위험한 동거를 할 수 밖에 없었다.

정말이지 우리 청소년들을 나무라기 이전에 아이들이 그렇게 변해 가는 것을 유심히 관찰할 필요가 있다.

한 아이를 키우려면 온 동네가 나서야 한다는
옛말이 가슴에 와 닿는다.

빡빡이, 내 동자승

격주로 토요일에 아들의 옷과 간식거리를 챙겨서 원주에 있는 고등학교 기숙사를 방문했다. 잠시 데리고 나와서 목욕탕도 가고 맛있는 것도 사 먹이고 4~5시까지 기숙사로 데려다 주곤 했다. 그날도 여느 토요일과 다르지 않게 아들 기숙사를 방문했다.

우리는 아들을 보는 순간 얼음이 되었다. 온갖 걱정거리가 순식간에 나를 덮친 듯, 피가 아래로 쏠리는 느낌이 이런 것인가 느낄 정도로 팔과 다리에 힘이 풀려서 쓰러질 것 같았다.

아들의 머리가 빡빡이가 되어 있었다. 충격이었다. 혹시 아들의 심경에 무슨 변화가 생긴 게 아닌가 하고 잠시 멍해졌다. 그래도 웃으며 나와서 우리를 반기며 안아주었다. 조금은 안심이 되었지만 그 순간은 정말 공포였다.

아들이 중학교 시절에 청소년 미사에서 친구들과 떠들며 앉아 있는 것을 나를 잘 아는 자매님이 보고 말해 준적이 있다. 그 자매님은 공부 잘하고 범생이라고 알고 있던 아이가 신부님 강론은 듣지도 않고 다른 아이들과 떠들며 앉아 있는 것이 못마땅하기도 하고, 절대로 그렇게 행동

엄마도 사랑받고 싶어

하지 않을 것 같은 아이가 그런 행동을 하고 있었던 것에 약간은 충격을 받은 듯 했다.

하지만 나는 내심 기뻤다. 사실 아들은 약간 범생이었다. 나는 아들이 범생이인 것이 싫었다. 한 번씩 건전한 일탈을 일삼을 줄도 아는 아이이기를 바랬다.

아들이 초등학교 4학년 때 담임 선생님께서 나도 이해할 수 없는 시 몇 편을 외워오라는 숙제를 내주었다.

"내 장담하는데 아무도 외워오지 않을 거야. 아마 너만 외워 올 걸. 그러니 외우지 말고 그냥 자!"

그때가 이미 12시를 넘긴 시간이었다. 아들은 결국 다 외우고 잠을 잤고, 아침에 일어나서도 외우며 학교에 갔다. 나는 좀 많이 대충대충 하는 성격이고 남편도 별로 완벽하지 않은데 이상하게 아들만 소금 완벽주의자였다. 아마 아이들 작은아버지를 닮은 듯 했다. 아들이 집에 돌아왔을 때 물었다.

"너만 외워왔지?"

"응."

"내 말이 맞지! 내 그럴 줄 알았다니까. 그런데 그 시가 무슨 뜻인지는 아니?"

"몰라."

그런 아이가 갑자기 머리를 빡빡 밀고 나타난 것이다. 이건 일탈이 아니라 핵폭탄의 조짐을 보는 듯 했다. 공부를 그만 두고 절에 간다고 할까봐 걱정이 되었다.

"엄마! 많이 놀랐구나. 괜찮아."

나는 눈물까지 흘리며 아들을 말없이 안아 주었다. 아무 일이 없기를 간절히 바라는 마음이었고 아들이 환하게 웃는 모습에 안심이 되었기 때문이기도 했다.

친구가 가위로 잘라준 머리라는데 꽤 잘 잘랐다고, 아들 머리통 정말 예쁘다고 칭찬까지 해 주었다. 그 때부터 친구들 사이에서 아들 별명이 '빡빡이'가 되었다.

머리를 자른 날 아들은 상담실로 담임 선생님께 불려 다녔다고 한다. 무슨 심경의 변화가 생겼는지 꼬치꼬치 캐물어서 대답하느라고 힘들었다고, 다시는 그러지 않겠다고 약속까지 했다고 했다. 그런데 아들의 이유는 정말 별거 아니었다.

"그냥
잘라보고 싶었어."

사실 무심하게 던진 이 말에도 나는 마음이 아팠다. 어쩌면 본인은 감지하지 못한 스트레스를 이런 식으로 해소한 것일 수도 있다. 사실 이런 파격적인 행동을 하는 것이 대단한 것일 수도 있다. 그렇게 머리를 할 수 있는 것! 그것 또한 용기가 필요했을 테니까. 답답한 일상 속에서 작은 일탈을 꿈 꿔본 아들의 용기에 박수를 쳐 주었다. 아들이 남의 눈을 별로 의식하지 않고 과감히 재미난 일탈을 감행했다는 것이 오히려 믿음직스러웠다.

돈 보스코 성인이 '죄가 되지 않는 한 무엇이든 기쁘게 생활하십시오.' 라고 했다. 나는 살짝 바꾸어 '죄가 되지 않는 한 무엇이든 즐거운 일을 만들려고 노력하십시오.'라고 바꾸고 싶다. 인생은 어차피 도전과 긴장의 연속이라면, 그 과정에서도 재미를 찾는 그런 여유 있는 사람이 되기를 바란다.

비록 사소한 빡빡이 사건이긴 하지만 그 사건을 통해서 모든 것은 생각하기 나름이고, 그 사건으로 인해 학교에서는 여러 재미난 이야깃거리를 만들어 냈을 거라 여긴다.

나는 그 당시에 아들에게 편지를 쓸 때 내 이름도 살짝 바꿨다.

'동자승 엄마는 보살이 되어야 하지 않나? 정 보살 씀.'

독립문이 개선문?

정말 창피한 이야기를 하려고 한다. 우리나라 교육의 현주소를 보는 듯해서 마음이 아픈 대목이기도 하다. 아니면 우리 아들이 부족한 탓일지도 모르겠고, 어쩌면 부모인 나의 잘못이 가장 클 것이다.

고등학교 졸업할 때까지도 우리나라 유적지를 제대로 답사해 본 적이 정말 없다는 것을 그때 깨달았다. 그래도 변명은 하고 싶다. 유치원 시절부터 중학교까지 줄곧 춘천에서 살기도 했고, 강원도에서 살아서 그런지 함께 여행을 간다 해도 속초나 삼척 등 주로 강원도 근처로 가족 여행을 다녔지 학술적 탐사여행은 손가락으로 셀 정도다. 서울에 살았다 해도 마찬가지였을 것이다. 고등학교 시절은 기숙사 생활을 하니 더더욱 함께 여행하는 시간을 가질 수 없었다. 아이들 수학여행도 유적지 답사가 아닌, 일본으로 갔다 왔고, 소풍은 롯데월드나, 에버랜드로 갔었다.

홍대 가는 길의 고가도로 밑에 독립문이 있다. 그런데,

"어, 왜 개선문이 저기 있어?"

아들이 갑자기 정말 진지하게 말했다.

"Oh, my God!"

기가 막히고 말문이 막혔다. 우리는 너무나 놀라서 잠시 서로 쳐다보고 있다가 웃음을 터뜨렸다.

"오빠, 동대문은 동대문에 있는 시장이고, 남대문은 남대문에 있는 시장이야. 그치!"

딸이 한 마디 거들었다.

사실, 과학 고등학교에서는 역사를 많이 배우지 않는 듯하다. 아들의 국어 시험도 그리 썩 좋지는 않았다. 만약 아들이 일반 고등학교에 갔더라면, 아마 소위 sky라고 하는 서울대, 고대, 연대는 꿈도 꾸지 못했을 것이다. 아마도 국어 3등급, 역사는 4,5등급 정도 받을 수 있었으려나! 물론 수학과 과학은 1등급이었을 것이다. 다행히 아들은 특목고에 갔기 때문에 카이스트에 수시로 붙을 수 있었다. 하지만 너무 전문성에만 치우치다 보니 우리 아들과 같은 이유 있는 무식쟁이가 나올 수밖에 없다.

사실 일반 고등학교도 별 다르지 않다고 본다. 시험 위주의 공부를 하다 보니 제대로 된 책 한 권 읽을 시간도 없고, 더구나 우리나라 역사공부나 인성공부는 완전히 뒷전으로 밀려나 있는 것은 사실이다. 수학 문제는 멋지게 풀어내고 영어지문은 해석 못하는 게 없을 만큼 실력을 갖추고 있지만, 정작 우리나라 역사나 애국정신에 대해서는 진지하게 다루어 보지는 못한다.

우리나라의 젊은이들은 점점 세계화는 되겠지만 한국의 정신을 가진 한국국민이 아닌 국적 없는 정신의 소유자가 되지 않을까 걱정이다.

자주정신을 외치며 젊은 청춘을 바친 조상님들께서
저승에서 안타까워 가슴 치고 계시지 않을까 싶다!
아들의 이런 이유 있는 무식을
부모로써 부끄럽게 생각하고 책임감을 느꼈다.

내 주위의 어떤 분은 유치원 손자가 유치원에서 무얼 배웠는지 한국 역사에 대해서 물어온 적이 있었다고 한다. 제대로 대답 못한 자신이 너무 부끄러워 그 때부터 역사책과 역사 소설을 읽고 줄까지 쳐 가면서 공부하고 있다고 한다.

아이들에게 가장 한국적인 것이 세계화로 가는 지름길임을 말로만 말하기보다 나도 먼저 지금부터라도 한국에 대해서 해박한 지식을 쌓고 본을 보여야겠다고 다짐해 본다. 앞으로 세계를 주름 잡게 될지도 모를 아이들이 뼈대 있는 한국이라는 가문의 뼈대 있는 본때를 세계에 멋지게 보여 주기를 진심으로 바래본다.

엄마도 사랑받고 싶어

로얄 스위트룸에 묵게 된 사연

딸과 시누이와 시누이 딸까지 모두 네 명이서 오키나와 여행을 3박 4일로 계획하고 인천공항을 출발했다. 일본 나하 공항에서 미리 렌트한 차를 인계받고 우리가 삼일 동안 머무를 펜션이 있는 북부로 바로 출발했다. 딸은 한 달 이상을 여행계획에 매달렸다. 알토란 같은 계획을 짜고 그대로 될 것이라 기대하며 우리는 부풀어 있었다. 마지막 날은 근사한 호텔에서 우아하게 마지막 날 조식과, 호텔 내에 있는 수영장에서 망중한을 즐기기로 했다.

그런데, 날씨가 일단 우리계획의 망쳤다. 해양 스포츠 하고자 계획했던 날 하루 종일 굵은 비가 내렸고, 바람까지 불고, 춥기까지 해서 도저히 해양 스포츠를 즐길 수가 없었다.

게다가 시누이 딸이 발목을 삐는 바람에 걷기도 힘든 상황이 왔다. 해양스포츠를 즐기겠다는 계획은 물거품이 되었고 이틀을 펜션에서 시내만 왔다 갔다 해야 했다. 원래의 계획은 마지막 날 호텔에 여섯시 무렵에 체크인 한 후 바로 오키나와 시내와 국제거리를 관광하고 일본 젊은이들의 밤 길거리 문화를 즐긴 후 8시에 렌트한 차를 반납하고 택시 타고 호텔에 늦게 돌아오는 것이었다. 하지만 시누이 딸이 다리를 다친 관계로 모든 계획을 수정할 수밖에 없게 되었다. 호텔에 일찌감치 도착한 시간이 오후 네시였다. 우리까지 호텔에 있을 이유가 없기 때문에 호텔에서 뒹굴다가 오후 6시쯤에 일찌감치 차를 반납하고 국제거리를 조금 구경하고 우리끼리 저녁 먹고 호텔에 있을 시누 딸을 위해 저녁을 사다 주기로 했다. 그때까지만 해도 아직 딸의 기분은 괜찮았다.

국제거리에 갔을 때 우연히 포장마차 거리를 발견했다. 딸은 젊음의 연기가 피어오르고, 왁자지껄 건배 소리가 오고가는 그 분위기가 너무 좋아서 거기서 저녁을 먹고 술 한 잔 하며 그들만의 문화에 동화되고 싶어 했다. 하지만 시누이는 빨리 먹고 딸을 위해서 저녁을 사가지고 가능한 빨리 돌아갔으면 하고 우리를 보챘다. 내 딸의 심사가 조금씩 뒤틀리기 시작한 순간이었다.

나는 원래 남을 위한 배려의 왕이라, 또 시누이이기도 해서 모든 것을 참을 수 있었다. 하지만 한창 젊은 내 딸은 아니었다. 그 포장마차 골목 길은 아쉽게 사진으로 추억의 한 장으로만 장식하고 바로 지나쳐서 나왔다. 적당한 식당에 들어가 시누이의 초스피드 식사에 우리도 덩달아 바빠졌다. 시누이가 딸을 위해 주문한 도시락이 식을까봐서 외투로 그 그릇을 꽁꽁 동여매고 따라 나서는데 그 모습을 나 몰라라 하고는 더 이상 구경할 수가 없었다. 본인은 아니라고 계속 돌아다니자고는 하지만 행동은 빨리 돌아가자고 보채고 있었다. 여기서 또 내 딸의 심사가 조금 더 뒤틀렸다. 게다가 모든 계획을 내 딸이 세웠는데, 길 찾으랴, 계획대로 하랴, 사촌이 발을 다치는 상황에, 날씨까지 따라주지 않으니 딸의 표정이 내내 밝지 않았다.

결국 모든 뒤틀린 심사가 호텔에서 폭발했다. 밤 11시 쯤에 갑자기 딸이 이 방에서 못 자겠다고, 로비에 가서 항의해야겠다는 것이다. 이유인즉 딸의 침대 밑에서 과자 부스러기와 과자 봉지가 나온 것이다. 처음 호텔 문을 열었을 때도 담배 냄새가 약간 났는데 참았다고 했다. 시누이 딸을 위해서 호텔에서 휠체어도 무료로 대여 해 주었기 때문에 불평을 하고 싶어도 참았는데……. 침대 밑에서 과자 봉지가 나온 것이다. 딸은 이 방은 청소를 하지 않은 것 같다면서 침대 시트를 교체했는지 안 했는지 어떻게 믿느냐고, 가서 항의해야 한다고 했다. 나는 참으라고, 그냥 하룻밤만 자고 가면 되는데 조용히 있다가 가자고 달랬다. 그 과자 봉지가 우리 것인지 어떻게 아냐고 호텔 측에서 말하면 뭐라 그럴 거냐고, 또 시간은 이미 밤 11시 30분을 넘고 있었다. 시누이 딸은 이미 잠이 든 듯했고, 시누이는 무슨 일인지 멀뚱멀뚱 보고만 있고, 딸은 하루 종일 있었던 스트레스를 이 일로 풀고 싶은 태세였다.

정말 개 끌려가듯 질질 끌려가면서 "너는 너무 까다로워. 나 안 닮았어."를 몇 번이나 궁시렁 거리며 로비로 갔다. 우리가 막 나가는 여자들이 아니라는 것을 또 일부러 이러는 것이 아니라는 것을 보여 주기 위해 일단 외모로 기선 제압을 해야겠다 싶어서 최대한 제일 고급스러운 옷으로 갖추어 입고 우아한 표정과 말투로 매니저를 불렀다.

야간 호텔 매니저는 영어는 조금하는데 한국어는 전혀 하지 못했다. 영어로 대화하기도 쉽지 않았다. 나중에는 그림을 그리면서 대화를 시도했다. 그래도 결국 우리의 불만은 잘 전달되었다. 하지만 4인용 침실 방이 다 찼단다. 2인용 침실이 하나 남았는데 스모킹 룸이라는 것이다. 2인용 스모킹 룸으로라도 갈 거라면 비용은 나중에 컴퓨터 예약 에이전트를 통해서 환불 받으라는 것이다.

내 딸은 더 화가 났다. 그래도 우리는 화를 내지 않고 차분하게 우리는 오늘 저녁 나하에서 자야하고 4인용은 없고, 2인용 스모킹 룸은 담배냄새가 날것이기 때문에 싫고, 그러면 다른 호텔이라도 주선해 줘야 하는 것 아니냐고 따졌다. 매니저는 한참을 어디에다 전화통화를 하고 옆에 있는 동료와 뭐라 뭐라 한 후에 고민 되는 듯 머리에 볼펜을 몇 번을 찍고 있었다.

"그러면, 저희가 로얄 스위트룸과 스모킹 룸을 드리겠습니다."

브라보!!! 우리 딸의 스트레스가 풀리는 순간이었다. 바보 같은 나는 웬 떡이냐며 좋아서 그런 배려 해주어서 고맙다고 격앙된 목소리로 대답하니까 딸이 바로 나를 제지했다.

"엄마, 너무 좋아하는 티 내지마. 당연히 이런 조치라도 해야 되는 거야. 그리고 우리도 그런 조치를 당연한 듯 받아들여야 해."

사실 너무 똑소리 나는 행동을 하는 내 딸이 조금은 어색했다. '언제 이렇게 커서 자기 밥그릇 요렇게 잘 찾아먹지'라는 안도감과 '세상 너무 빡빡하게 사는 것은 아닌가'하는 약간의 걱정까지 들었다.

엄마도 사랑받고 싶어

우리는 바로 로얄 스위트룸으로 짐을 옮겼다. 우리가 묵었던 방보다 다섯 배는 커 보이는 방! 화장실이 2개, 하나는 스파까지 나오는 럭셔리한 목욕탕, 회의실과 거실, 넓은 현관, 불필요하게 많은 서랍장과 옷장, 화장실 옆 우아한 화장대까지……. 하지만 침대는 달랑 2개! 다리를 다친 시누이 딸이 하나 쓰고, 나머지 하나는 시누이와 나, 딸은 소파에서 자는 것으로 자리를 정했다. 물론 스모킹 룸은 버리기로 하고.

이렇게 해서 우리는 로얄 스위트룸에 묵게 된 것이다. 아침에 호텔 조식 부페 식당으로 가는 길에 그 매니저를 만났다.

"어제는 잘 주무셨어요? 한국말을 꼭 배우겠습니다. 즐거운 여행되시길 바랍니다."

아주 친절하게 짧은 영어로 우리에게 웃으며 말을 건넸다.

사실 지극히 서민인 내가 언제 이런 로얄 스위트룸에 묵어 볼 것인가를 생각하니 웃음이 나왔다. 아마도 딸의 기분이 좋은 하루였으면 이런 해프닝은 일어나지 않았을 수도 있다. 아니면 정말 우리 딸은 우리와 다른 대처법을 당연한 듯 익히고 사는 것일 수도 있다. 이런 컴플레인을 당연한 듯이 하고 살아야 우리 밥그릇을 찾아 먹는 것인지 아니면 조금 불편하더라도 참고 넘어가는 것이 잘 사는 것인지 나는 잘 모르겠다.

나는 평생을 시부모님, 남편, 아이들을 배려하며 참고 살아온 삶이라 무엇인가를 싸워서 쟁취해야한다는 것은 왠지 어색하고 불편하다. 나는 식당에서 밥 먹을 때 머리카락이 나와도 그냥 빼고 먹는다. 음식이 맛이 없어도 '다음부터 안 오면 돼지 뭐' 한다. 한국펜션에 놀러갔을 때 이

불이 좀 덜 깨끗해 보여도 안 덮고 잤지 바꿔 달라고 하지는 않는다. 식당에서 종업원이 냄새나는 행주로 이 테이블 저 테이블을 닦아도 아무 소리 하지 않고 아예 수저를 테이블에 놓지를 않는다. 식당에서 주는 물컵에 고춧가루가 묻어도 휴지로 닦고 말지, 컵 바꿔 달라고도 화도 내지 않는다. 차를 운전할 때 누가 위험한 새치기를 시도해도 '사고만 안 났으면 돼지 뭐'라고 생각하지 아무런 보복 행동을 하지 않는다. 물론 소심한 욕은 하지만……. 나는 앞으로도 딸처럼 행동할 것 같지는 않다.

딸은, 아니 요즘 세대의 아이들은 달랐다. 불편한 것 못 참고 당연한 권리를 행사해야 한다고 생각한다. 여행을 다녀온 후 어느 날 딸은 엉엉 울면서 속내를 털어 놓았다. "그 여행 너무 싫었어."

아직은 남의 눈치 보며, 남의 비위를 잘 맞추며
살아온 세월이 적어서 그런지는 잘 모르겠다.
그래도 해외에서 어떻게 해야
자신의 가치를 높이는 것인지는
딸은 너무나 잘 알고 있어서 마음이 놓였다.

엄마도 사랑받고 싶어

전공과목 정할 때

 아들이 고등학생일 때 아인슈타인에 쏙 빠져있었다. 그때부터 양자물리학을 전공하겠다고 입버릇처럼 달고 다녔다. 한 번 결정하면 잘 변하지 않는 아들 성격을 잘 아는 터라 당연히 그것을 전공으로 할 줄 알고 별로 신경을 쓰지 않고 있었다. 그런데 막상 대학에 가보니 상황이 많이 달랐고, 생각이 많아졌나 보다. 사실 우리 부부는 그 쪽 분야에, 아니 과학 분야에 대해서는 별로 아는 것이 없었다. 단지 우리는 아이가 무슨 전공과목을 택하든지 밥 빌어먹지는 않을 거라고, 그 정도 학교를 나오면 사는 데는 별로 지장 없을 거라고 생각했다. 그래서 본인이 정말 즐겁게 평생 할 수 있는 일을 택하기를 바랐다.

 아들이 다니는 대학은 1, 2학년 동안은 무학과로 있으면서 정말 자신에게 어울리는 과를 택하도록 2년이라는 여유를 준다. 참 좋은 교육 방침이라고 생각한다. 언제든지 전공과목을 전향할 수도 있게 되어 있다. 1학년 때까지도 핵물리학(양자물리학이라는 전공과목은 없었다. 핵물리학이 바로 양자물리학이다)을 할 거라고 우리는 믿고 있었다.

그런데 아들은 2학년이 되면서 마음이 흔들리기 시작했다. 우리는 어떠한 학술적인 기술적인 충고를 해 줄 수 없었다. 하지만 나는 아들에게 한평생을 살아가는데 자신을 위해서 무엇이 가장 우선이 되어야 하고 무엇을 하는 것이 행복하게 사는 것인지를 생각해 보라고 했다. 또한 국비장학생으로 가지 않고는 유학을 갈 수 없는 우리집안의 가정 상황도 고려하기를 바란다는 가슴 아픈 이야기도 하지 않을 수 없었다.

양자물리학은 우리나라에서는 아직 제대로 된 공부를 할 수가 없어서 외국으로 나가야하고, 외국에서 어쩌면 평생을 살아야 할지도 몰랐다. 그렇게 되면 부모형제와 헤어져 살아야 하지만, 한국에서 공부 할 수도 있고 한국에서 취직해서 살 수 있는 학과를 택하면, 부모형제와 떨어져 살지 않아도 되지 않느냐고 함께 이야기를 나누게 되었다. 하지만 아들이 꼭 해 보고 싶어 하는 학과를 선택하여 한 세상 멋지게 인류를 위해 바치겠다고 해도 우리는 아들의 결정을 밀어 주겠노라고, 우리의 사심을 너무 고려하지 말고 순전히 본인의 의사로 결정하기를 간절히 바랬다.

아들은 과감히 전기전자 공학과로 전향을 했다. 가장 흔하고, 가장 한국에 살기 유리한 과목인 전기전자공학을 택한 것이다. 어쩌면 해외로 유학가지 않아도 되고(전자공학은 우리나라로 세계에서 유학을 올만큼 높은 위치에 있는 학문이다), 그래서 우리가 재산을 다 팔아가며 아들에게 뒷바라지 해주지 않아도 되기에 내심 기뻤다.

처음에는 본인이 하고 싶어 하는 전공이 아니어서 조금 갈등하는 듯했지만, 몇 달 안가서 이내 과목들이 재미있어지고 있다고 우리를 안심시켰다.

인생에 있어서 무엇이 중요한지를 이제 막 20살을 넘긴 아들은 벌써 깨달은 것 같았다. 그리고 부모의 처지를 헤아릴 줄도 아는 아들이 눈물겹하게 고마웠다.

자살 충동

　어떤 과학 고등학교에서 한 아이가 자살했다는 이야기가 매스컴에 나왔다. 카이스트, 서울대, 포항공대 등에서도 자신의 능력에 한계를 느껴서 자살하는 학생들이 있다는 이야기를 종종 듣는다. 그래서 그랬는지 대학교 입학식 날 부모님들을 초대해서 제일 중점을 두고 하는 말이 이 문제였다. 학교에는 심리상담 부서를 두고 학생들에게 수시로 고민 상담을 하고 있다고 한다.

　우리나라에서 청소년의 사망원인 1위가 자살이라고 한다. 다양한 원인이 있겠지만 그 중에서도 과중한 학업 부담은 지속적인 긴장과 스트레스를 유발하고 또 부모의 기대에 미치지 못할 경우, 비관하거나 죄책감에 시달리기도 한다. 여기에 언론매체의 자살에 대한 미화나 왜곡된 정보와 생명경시 풍조를 조장한 영화나 드라마도 한 몫을 하고 있다.

　아들이 과학 고등학교에 다닐 때, 과학고나 영재학교에 다니는 부모들은 다 똑같은 심정이었겠지만, 나 역시 항상 열심히 하는 아들을 보면 자신에게 한계를 느끼며 포기할까봐서 걱정이 되었다. 중학교에서 전교 상위권에 있던 아이들 일부분이 과학고등학교나 영재학교로 간다. 여기서 또 1, 2등으로 등수가 매겨진다. 만약 아이가 상위권에서 밀려난다면 엄청난 스트레스가 될 것 같았다. 고등학교 1학년 담임 선생님께서도 이 문제를 크게 염려해서 우리 부모들에게 학업에 대해 너무 많은 스트레스를 주지 말라고 당부했었다.

그래서 나도 항상 강조 또 강조했다.
인생이란 것은 목표를 달성하는데 있는 것이 아니라
그 과정이 더 중요하다는 것을.

기쁨 주는 천사님,

요즈음 매스컴에서 떠들고 있는 특목고에서 스트레스 많이 받아 자살한 아이도 있다는 이야기 아들도 들어서 알고 있을 테지.

본인의 인생을 행복하게 만드는 것이 꼭 한 길만 있는 것은 아니라고 생각해. 또 인생은 빨리 출세해야한다는 목적을 가지고 살아가면 안 될 것 같아.

예수님을 봐.
30년을 부모님 밑에서 목수 일을 하며, 평범하게 살다가 단 3년 동안 정열적으로 자신의 일을 하시다가 가신 분이시잖아. 그렇다고 해서 30년을 무료하게 무의미하게 보낸 것은 아니지.

하루하루 열심히 기도하며, 그 3년을 위한 준비를 조금씩 해 나가셨겠지. 그 시대에 서른 살이 되도록 아버지 밑에서 목수일이나 하는 것은 그리 출세한 것은 아니었을 것 같아.

왜냐하면, 그 나이쯤 되면 가정을 이루고 독립을 해 독립된 세대주로서 우뚝 서야 하는 나이인데, 그때까지도 아버지 밑에서 목수일을 하고 있었잖아!

인생은 앞 선다, 뒤처진다의 개념이 아니라 지금 이 순간, 내가 처해진 상황을 얼마나 충실히 기쁘게 만끽하느냐에 달려있다고 생각해.

다른 사람의 시선보다는 나의 계획에 맞게, 설사 계획이 이루어지지 않는다 하더라도 그 계획을 이루는데 힘이 부족하다 하더라도 실망 말고, 또 다른 인생의 길이 있음을 잊지 말자.

그 또 다른 인생의 길이 더 나은 행복을 가져다 줄지 아무도 모르잖아. 지난번 반 잔의 술잔 비유처럼, 또 우리의 가훈인 화복동문처럼, 인생의 행복과 성공은 자신의 기준에 있다는 것 잊지 말자.

지금 우리는 살아있고, 살아있다는 것은 1년 후이건 30년 후이건 기회는 있다는 뜻이야. 그 기회가 우리에게 주어졌다는 것만으로도 즉, 희망이 있다는 것만으로도 감사하고, 도전할 만한 일이지 않을까!

친구 사귀는 것도 용기가 필요해

딸이 고등학교에 입학하고 기숙사를 배정받았다. 한 방에 4명이 생활하는데 그 중에 한 명이 강릉출신 아이였다. 아무래도 학교가 강릉에 있다 보니 기숙사에 강릉 출신 아이들이 많았다. 아이들은 밤 10시까지 그림 그리고 기숙사 와서 씻고 그때부터 각자가 또 수능과 내신을 위해서 사투를 벌여야 하는데 강릉 친구가 다른 방 친구들을 데리고 와 떠들어서 공부를 못하겠다는 것이다. 그렇다고 공부해야 하니 나가달라고 말도 못하겠고 거의 한 달을 참고 마음고생을 했던 모양이었다.

학교 시작한지 얼마 되지도 않아서 한방 친구들과도 어색하게 지내고 있었고, 또 한방에 무용, 그림, 음악 전공하는 아이들이 함께 있어서 더더욱 친해지기가 쉽지 않았다. 아직은 어린 딸이 강릉아이들을 상대로 맞장 뜨기가 쉽지 않았을 것이다.

딸이 중학생이었을 때도 친구 문제로 내 앞에서 펑펑 울었던 적이 있었다. 친하다고 생각한 친구가 다른 친구들에게 딸을 흉보고 다녔다고 했다. 그 이야기를 제3자로부터 들은 딸은 배신감으로 마음이 많이 상해 있었다.

"나라 대통령도 옆에 없으면 욕하고 흉봐. 사람은 이야기하다 보면 다른 사람 흉을 얼마든지 볼 수 있어. 엄마도 너 할머니 없을 때 할머니 흉보잖아. 그렇다고 엄마가 할머니 미워하는 것 아니지? 그 친구에게 네가 완벽하게 마음에 들지 않을 수도 있잖아. 너도 그 친구 생각해봐. 다 마음에 드니?"

"아니, 마음에 안 드는 점 있어."

"사실은 그 친구가 너 욕했다고 일러바친 친구가 더 나쁘다고 생각해."

우리는 그 후로도 한참을 이야기 나누었고 딸도 마음이 가라앉았을 때 물었다.

"너는 그 친구와 완전히 갈라서고 싶니?"

"......."

"만약 그러면 너도 무시해 버려. 다른 친구들과 보란 듯이 사귀어. 다른 친구한테 더 잘해 주고 그래. 그런데 만약 그렇지 않다면, 네가 먼저 말 걸어봐. 딸의 마음이 왜 상했는지 일러주고, 다시 잘 지내고 싶다고 말해. 그런 말하기 쉽지 않은 것 엄마도 알아. 아마 큰 용기가 필요할거야."

딸은 용기를 냈고, 그 친구와는 대학을 졸업한 지금도 연락하고 지낸다고 한다. 심지어 성당도 함께 다녔고, 딸이 그 친구의 대모가 되기도 했다.

딸이 다시 기숙사 들어갈 때 편지를 손에 쥐어 주었다.

기쁨 주는 내 천사 그라시아!

새로운 장소에서 새로운 친구들과 3식을 같이 나누며 함께 잠을
자며, 중학교 때와는 완전히 다른 새로운 고등학교 시절의 서막이
올랐다.

항상 매사에 긍정적으로 생각하는 내 딸!
기숙사 한방에서 함께 지내는 친구 문제로 딸이 속상해 하는 이야
기 들으니 엄마도 속상하다. 시작이 재미있어야 계속 기대감도 생
기고 학교생활이 즐거울 텐데 시작부터 같은 방 친구와 마음이 맞
지 않는다고 하니 조금 고생하겠다는 생각이 든다.

그래도 씩씩하게 웃으며 우리에게 이야기 해주는 걸 보니 그리 많
이 고생하지는 않겠다 싶어. 내 딸은 어떤 상황에서도 지혜롭게
잘 대처해 나갈 거라 믿으니까.

그래도 혼자 끙끙 앓는 것은 절대 안 돼! 무슨 일이든 작은 기쁨,
큰 기쁨, 작은 슬픔, 큰 슬픔, 친구들과의 문제라도 엄마와 의논
해 주었으면 해. 함께 머리를 맞대면, 좀 더 일이 쉽게 풀릴 수도
있지 않겠니?

너희 학교는 예술 고등학교이기 때문에 어쩌면 아이들이 좀 더 개
성이 강할 수 있을 거야. 자꾸 딸만 참으라고 하면 딸이 너무 힘들
것 같아서 무조건 참으라고는 말 못하겠다. 그래도 엄마는 딸에
게 조금만 더 노력하자고 밖에 말을 못하겠구나.

조금 더 양보하고 조금 더 이해하려고 노력하면 조금 더 나은 환경을 만들 수 있지 않을까?

예고 가기 전에 걱정했던 여러 가지 문제들을 내 딸이 좀 더 나은 방향으로 이끌어 갈 수 있는 용기를 보여주면 어떨까 싶다.

군중심리로 휩쓸려 다니지 말고. 내 천사와 코드가 잘 맞는 좋은 친구, 마음을 나눌 수 있는 좋은 친구들을 만났으면 좋겠다. 한방을 같이 사용하는 4명 중 3명만이라도 똘똘 뭉쳐서 공부하는 방향으로 분위기를 만들어 봐. 그러면 알아서 나갈 것 같은데. 아직은 어린 고1 여학생이잖아.

용기를 내서 부딪혀보자.

엄마가 동봉한 글이 우리 딸에게 새로운 사람들과의 부딪힘에 조금이라도 도움이 되었으면 한다.

엄마도 사랑받고 싶어

유혹에 빠지지 않게 해 주시고

편지를 정리하면서 그 때 아들의 심성을 잘 알기에 다시 마음이 조금 아린다.

아들이 창피한 이야기라고 쓰지 못하게 할 것 같기도 해서 일단 물어 보니, 써도 괜찮다며 더 자세히 이야기 해주는 모습이 너무 의젓하고, 다 컸구나 하는 생각에 안도감마저 들었다. 단조로운 생활 속에 발생한 작은 스트레스가 아이들에게 두고두고 잊지 못할 추억거리가 된 듯하다.

아들은 고등학교 마지막 시험에 홈런을 날리듯 커닝에 유혹 당했다. 영어 지문을 외워서 그대로 쓰는 쪽지시험에 몇몇 아이들이 미리 작당을 해서 쪽지를 돌렸다. 1학기 기말 시험을 마지막으로 그 성적으로 수시에 원서를 넣어야 하는데, 몇몇 학교는 영어의 비중이 그리 크지 않아서 아이들도 대수롭지 않게 여겼고 또 약간은 재미삼아 그리 했다고 했다. 어느 날 아이가 침울한 목소리로 전화를 했다.

"엄마,
나 커닝해서 어쩌면 영어 점수 빵점 나올지 몰라."

너무나 놀랐지만, 화나기 보다는 옆에 아이가 있었으면 꼬옥 안아주고 싶을 만큼 측은한 마음이 들었다. 그래서 웃으며 말했다.

"커닝을 하려면 들키지 말아야지. 바보같이 그것도 제대로 못하냐? 엄마 아빠도 커닝 해봤어."

아이 목소리가 조금은 나아져서 말했다.

"엄마, 죄송해요. 사랑해."

핸드폰도 못 쓰게 하는 상황이라, 공중전화로 제대로 대화도 못 나누고 끊었다. 그래도 내심 걱정이 되어서 다음날 선생님께 전화를 했다. 어떻게 된 건지 자초지종을 듣고 나서야 안심이 되었다.

그날 여러 명이 커닝을 했는데 생전 처음 해 본 것이었는지 한 아이가 스스로 무척이나 대범하고 재미있었던 모험인 양 떠드는 바람에 다른 아이가 선생님께 그 아이를 고자질을 했다. 선생님께서 커닝을 한 사람이 또 있으면 자수하라고 했는데 아들이 자수를 했다. 나중에 아들에게 자수하지 말지 왜 했냐고 물으니까 아들 대답이 더 재미있고 아이다웠다. 걸린 아이가 자기와 친한 아이이고 다 같이 커닝했는데, 혼자만 걸린 것이 불쌍하고 미안했다나. 참 우정 깊은 의리파다! 약 10명 정도 커닝을 했는데, 아들 같은 다른 의리파가 2명 더 있어서 모두 4명의 시험이 0점 처리 되었다.

엄마도 사랑받고 싶어

선생님께서는 그 시험이 0점 처리 되겠지만 전체 성적에 크게 반영되는 것은 아니니 너무 걱정 말라고 하셨다. 나중에 기말고사 성적표를 받았는데, 영어 2인가 영어 1인가에서 0점이라고 되어 있었고 등수는 당연히 바닥에서 헤엄치고 있었다.

사랑하는 아들!!!

이번 한 주간은 조금 힘들었겠다. 후회되기도 했을 것이고 속상하기도 했겠지. 엄마가 장난으로 우스갯소리를 했다만, 사실 엄마도 좀 속상하다.

엄마는 매일 기도문에 있는 기도를 한단다.
"유혹에 빠지지 않게 해 주시고,
답안을 쓸 때에는 기도하는 부모형제가 함께 함을 깨달아 담대한
마음을 가져 실수하지 않도록 지켜 주시고,
노력이 없는 결과를 추구하지 않게 하시고,
땀이 없는 결실을 바라는 어리석음도 없게 하시고,
정직한 마음으로 무장하게 하소서……."

아들!
이번의 실수를 비난하는 것이 아니다. 누구나 그런 실수는 할 수 있어. 아빠 엄마도 해 봤으니까. 그렇다고 너의 행동이 옳다는 것은 절대 아니다.

사실 그것을 재미있다고 말한 애도 문제지만, 그것을 고자질 할 수밖에 없는 상황에 놓인 그 아이도 안쓰럽게 여겨진다. 아니 그럴 수도 있겠다는 생각도 든다.

점수로 아이들의 인생을, 꿈을 평가하는 학교라는 경쟁사회에서 1점의 차이는 너무나 큰 숫자다. 너무 경쟁이 치열해서 작은 실수도 봐주지 못하는 각박한 상황에 놓인 아이들이 애처롭다. 고자질한 친구를 너무 미워하지는 마. 엄마는 그 아이의 행동이 이해는 된다.

이번 일로 많은 교훈을 얻고, 다시 오뚝이처럼 일어나서 너의 말도 안 되는 실수를 만회하기 바란다. 아들은 정말 사실은 그런 사람이 아니라는 걸, 정말 한 번의 말도 안 되는 실수였다는 것을 증명해 보이기 바란다.

전화에서도 말했지만, 의기소침하지 말고,
정신무장의 기회가 되었으면 한다.

사랑한다. 아들. 파이팅!

엄마도 사랑받고 싶어

방탄소년단과 비틀즈

　미국 라스베이거스로 여행을 갔을 때다. 비틀즈 노래로 태양의 서커스를 공연하고 있었다. 아이들이 비틀즈 팬인 나를 위해 비싼 비용인데도 기꺼이 예약을 해서 관람하러 갔다. 거의 1년 이상을 매일 공연한다고 한다. 우리는 금요일 오후 7시, 9시 두 번의 공연 중에 7시 공연을 관람하러 갔다. 6시 30분 즘 도착했는데 사람들이 길게 줄을 서 있었다. 대부분은 미국사람들이겠지만 라스베이거스는 전 세계인의 관광지인 만큼 많은 사람들이 우리 같은 관광객일 수도 있다. 손주인지 자녀인지 모를 아이들의 손을 잡고 가족 단위로 온 사람들이 많았다.

　서커스 내내 비틀즈 멤버들이 직접 연주하는 비디오 영상을 뒷배경으로 틀어 놓고 거기에 서커스를 접목 시킨 공연이었다. 약 1시간 30분의 공연 내내 비틀즈 음악과 그 음악이 만들어진 배경, 내용에 초점을 맞추었다. 비틀즈 노래가 사회 공익적인 내용이 그렇게 많았던가 싶을 만큼 생소한 의미를 가진 노래들이 꽤 많았다는 생각을 했다.

　미국인, 아니 서양인들은 정말 비틀즈를 좋아한다. 비틀즈는 나이 많은 사람들과 젊은이들 모두에게 특별한 자랑거리이고 함께 공유할 수 있는 좋은 소재거리가 되어 있었다. 그들이 활동했던 시기는 1963년 1집을 시작으로 수많은 히트곡을 내고 1970년에 공식해체를 했다. 공식 활동기간은 거의 7년 정도이다. 그들의 노래는 약 400곡이 넘는다고 한다.

사실 비틀즈 노래는 옛날 노래다. 거의 50년 전의 노래다. 요즘 팝송과 K-Pop과는 좀 다른 장르처럼 들린다. 하지만 비틀즈는 그들이 사랑하고 그들이 지키고 싶어 하는 아쉬운 그리움이다.

젊은층은 옛 노래를 부른 그룹뿐만 아니라 장년층의 그런 문화를 존중하고 현대와 어우르는 또 다른 문화로 승화시키고자 노력하고 있다. 그런 모습이 정말 부러웠다.

우리나라에도 젊은층과 장년층을 모두 아우르는 트로트 시대가 다시 뜨고 있다. 하지만 비틀즈처럼 모든 세대와 모든 나라를 아우르기에는 조금 부족함이 없지 않다. 몇몇 가왕이라고 할 만한 가수들이 몇 명 있긴 하다. 단지 국내에서만 알려져 있을 뿐 우리나라를 대표할 만한 대형 가수는 없는 것 같다.

트로트가 우리 한국에 국한되어 한국인의 정서만을 담아서 그럴 수도 있을 것이다. 그렇다면 더더욱 우리가 자랑스러워하고 지켜야 하지 않을까 싶다. 우리 것을 자랑스럽게 여기고 지킬 때 세계도 관심을 갖게 될 것이다.

그래도 희망은 있다. 우리에게도 K-Pop의 선두에서 전 세계를 매혹시키고 있는 무서운 10~20대가 있다. BTS가 바로 그들이다. 현대의 비틀즈라는 별명을 들을 만큼 대단한 인기를 누리고 있다. 이들은 2013년에 데뷔해서 지금까지 활발한 활동을 하고 있다. 벌써 7년이나 지났다. 비틀즈보다 더 오래 활동을 할 것 같다.

우리도 BTS를 전설의 비틀즈처럼 전설로 만들어 볼 수는 없을까? 50년이라는 시간을 뛰어넘어 그들의 노래를 50년 후의 지금의 젊은이들과 그들의 자녀 손자들도 함께 부르고 그런 그룹을 가진 나라의 국민임을 자랑스러워했으면 좋겠다.

나는 트로트가 좋긴 하지만 BTS의 모든 멤버들의 이름도 안다. 그리고 그들이 정말 자랑스럽고 사랑스럽고 예쁘다. 꼭 비틀즈와 견주는 우리의 자랑스러운 보이그룹이 되었으면 좋겠다. 그러기 위해서는 우리가 먼저 그들을 아끼고 사랑하고 환호해야 하지 않을까!

젊다는 이유만으로도
사랑받기에 충분하다

홍대 거리를 가보면 길거리에 좌판을 놓고 액세서리나 여러 소품을 파는 젊은이들이 있다. 한 평도 안 되는 좁은 장소에서 길거리 아이스크림, 커피, 티를 파는 젊은이들도 많다. 대부분 저마다 개성 넘치는 옷과 모자를 쓰고 지나가는 고객들의 눈길을 사로잡는다. 꽃미남, 미녀들은 아니더라도 독특한 의상을 입고 K-pop 음악에 맞추어 몸을 흔들며 장사를 한다. 기다리는 젊은이들도 신이 나서 함께 어깨를 들썩이며 길거리 음식을 사먹기 위해 길게 줄 서 있는 것을 즐긴다.

남편은 젊은이들이 그러는 것을 못마땅한 듯 말하기도 한다. TV에서 연예인들, 가수들이 너무 과한 화장이나 옷을 입고 나오는 것도 좋아하지 않는다.

"꼭 저렇게 입고 화장을 하고 과한 모자를 쓰고 나와야 하나?"

"당연하지. 평범하면 아무도 처다보지 않아. 우리를 즐겁게 하잖아. 그들의 직업이 우리 시청자들을 즐겁게 하는 거야. 우리의 관심을 끌려면 당연한 거야. 아무것도 안하면 우리가 재미없어하지."

나는 남편에게 핀잔을 있는 대로 주고 잔소리까지 얹어서 쏘아 붙였다.

한 친구 아들이 기타를 전공한다. 그 아들이 대학교 1학년 때 머리를 노랗게 물들이고 귀걸이를 하고 싶어 하는데 아빠가 극구 말리고 있다는 것이다.

"기타를 전공하면 예능인이잖니? 기타 칠 때 화장도 하고 머리스타일도 독특하고 멋지게 하면 평범해 보이는 외모도 가려지고 뭔가 끼가 넘치고 카리스마 있어 보일 것 같은데. 일단 튀어야지! 독특해야 사람들이 한 번 더 눈길을 주지 않을까!"

그 친구의 아들이 머리 염색한 것을 얼마 후 볼 수 있었다. 아마도 남편을 설득한 것 같았다.

한 번은 목욕탕에 갔는데 어떤 할머니 두 분이 아주 짧은, 엉덩이 뒷골이 살짝 보이는 바지를 입고 나가는 젊은 아가씨를 두고 혀를 끌끌 차며 말씀을 나누고 계셨다.

"요즘 애들 바지 좀 봐. 저게 뭐야. 민망해서 보기가 힘드네."

"젊을 때 저런 옷 입어보지 언제 입어 보겠어요. 젊으면 다 용서 돼요. 예쁘잖아요. 이상한 눈으로 보는 우리가 문제일 수도 있지 않을까요?"

나의 말에 이상한 아줌마가 다 있네 하는 표정으로 나를 쳐다보았다.

"맞는 말이네. 아줌마도 딸이 있소?"

"네, 딱 저 나이의 딸이 있어요. 제 딸도 저런 바지 입어요."

남편은 딸이 짧은 바지를 입는 것을 정말 싫어한다.

"젊을 때 입어보지.
　나이 서른만 넘겨봐 입으라 그래도 안 입어."

　딸은 이제 서른이 되었다. 대학생이었을 때, 짧은 치마와 바지를 입고 다니더니 직장 생활하는 지금은 무릎 밑에까지 오는 치마에 바지만 입는다.

"젊다는 이유만으로 사랑받기에 충분합니다."
"나쁜 행동이 아니라면 즐겁게 살려고 노력하십시오."

　평생을 청소년들을 위해 헌신하신 돈 보스코 성인이 한 말이다. 나는 이 말을 정말 좋아한다. 내가 가르치는 청소년들에게, 성인의 문턱을 갓 넘은 젊은이들에게 이 말을 해 주면 너무너무 좋아한다. 이 말에 위로를 받는다는 젊은이들도 있었다.
　요즘같이 젊은 세대들이 살기 힘든 세상이 또 있을까 싶을 정도로 그네들이 살기에 너무나 힘든 상황이다. 열정이 넘치는 에너지를 발산 할 곳이 없다.
　즐거운 일이 게임만 있는 줄 아는 그네들에게 세상이 얼마나 넓고 즐거운 거리가 많은지 알고 탐험할 수 있는 시대가 빨리 돌아왔으면 좋겠다.

　　　　　　　　　　　　　　　엄마도 사랑받고 싶어

장미 문신을 한 아이

아이가 고개를 숙이면 장미 문신이 땡강 목이 잘리고 잎은 쭈글거리며 찢어진다.

아이가 고개를 빳빳이 들면 장미 문신은 싱싱하게 붉은 자태를 탐스럽게 드러낸다. 마치 장미가 살아있는 것처럼, 말을 하는 것처럼 아이가 움직일 때마다 요동을 친다. 때때로 장미는 땀인지 눈물인지 흘리기도 한다. 게임을 할 때 목을 타고 흐르는 땀방울이 아이가 고개를 들면 생명이 깃든 이슬방울 같기도 하고, 고개를 돌리거나 고개를 숙이면 눈물처럼 잎에서 떨어진다.

목부터 등, 손등, 다리까지 온통 문신을 한 19살 청년이 있었다. 소년원 봉사할 때 한 시간가량 같이 게임하고 이야기를 나누었다.

"오호! 문신이 화려합니다."

아이가 고개를 숙이며 멋쩍게 웃을 때 장미가 싹둑 잘려 나갔다.

"어머나. 장미가 꺾였어."

아이가 활짝 웃으며 고개를 들었다.

"어어쿠. 장미가 다시 살았네. 너 장미를 살려 두려면 계속 고개를 들고 있어야겠다."

아이는 더 크게 웃으며 팔의 소매를 걷고 팔뚝의 문신과 다리 문신도 보여 주었다.

"아프지 않았니?"

"아팠죠. 그래도 잘 참아요. 맞는 것 보다는 덜 아파요."

아이의 말에 무슨 일이 있었는지 조금은 짐작이 갔지만 절대로 왜 맞았는지 묻지 않는 게 우리의 철칙이라면 철칙이다.

"지우고 싶니?"

"나이가 들어가니 지우고 싶기도 해요. 하지만 지우기 힘들어요. 지우면 더 흉하기도 하고 돈도 많이 들어요."

"나중에 뭐 하고 싶은 일은 있니?"

"네, 타투숍을 열거에요."

"정말! 다 생각이 있구나. 너무 잘 어울린다.

돈도 벌고 결혼도 하고 아이도 낳고 멋지게 살았으면 좋겠어."

"결혼이요? 안 할 거에요. 아이도 안 낳을 거에요. 이런 문신을 한 사람에게 누가 시집오겠어요. 아이는 더 싫어요."

"왜? 외국에서 문신은 흔한 거야. 터부시하지 않아. 오히려 드러내고 자랑스럽게 보여 주기도 해. 특히 너의 목에 있는 장미문신 독특하고 멋있기까지 한데. 이왕 한 문신인데 그냥 확 드러내 놓고 다녀. 너 그거 아니? 너 고개 숙이면 장미가 싹둑 잘려 나간다는 것?"

"네 알아요. 거울 보며 고개 들면 뿌듯할 때도 있어요."

"너의 자존감처럼 말이야."

"아, 네 맞아요."

아이는 가능하면 고개를 들고 있으려고 노력한 기억이 난다.

"선생님, 저 대전에서 타투숍 열거에요. 거기 이모가 살아요."

"그래? 나중에 대전에 가면 꼭 찾아볼게."

소년원을 신부님과 몇몇 봉사자들과 함께 한 달에 한 번씩 방문하는 봉사를 했었다. 그냥 가까이서 보면 내 이웃의 착한 아이들처럼 순둥순둥하게 생긴 아이들이라는 생각이 들었다. 사실 우리는 뜨내기 봉사자들이라 특별히 오래 이야기 나누거나 상담하는 그런 군번도 아니었다. 다과를 하는 동안에 잠깐 잠깐 이야기를 나누는 정도만의 시간만 주어졌다. 많은 아이들을 만났지만 장미문신을 한 아이가 유난히 생각이 난다.

어떤 실수를 잘못을 저질렀는지는 알 수는 없지만 그래도 인생을 다시 제대로 살고 싶어 하는 모습을 보면 우리가 좀 더 마음을 열어 그 아이들을 품어 주어야겠다는 결심을 한다.

그 다음 달에 소년원을 방문 했을 때 그 아이는 오지 않았다. 소년원을 퇴소했다고 했다. 부디 고개 숙여 장미를 꺾지 말고 탐스럽게 피우며 고개를 들고 살았으면 하는 마음으로 두 손 모으고 기도했다.

편지, 고단수 잔소리

편지, 고단수 잔소리

큰 아이를 기숙사 생활하는 고등학교를 보내고 마음이 그리 편치는 않았다. 매일 보면서 만지고 비벼 대던 아이가 없는 텅 빈 방을 보노라면 마음이 허전했다. 아이 옷이나 아이가 만지던 물건들을 코에 대고 섬유유연제 냄새가 아이 냄새인 듯, 종이 냄새가 아이 냄새인 듯 킁킁거리며 눈시울을 적시곤 했다. 내 마음이 이런데, 아이 또한 이제 막 중학교를 졸업했으니 아직은 엄마에게 어리광 부릴 나이인데 떨어져서 마음이 외롭지 않을까 걱정도 되었다.

그때 1학년 담임 선생님으로부터 편지가 왔다. 중학교에서 상위권에 있던 아이들이 어쩔 수 없이 하위권으로 밀리게 되면 아이들이 스트레스를 많이 받게 된다는 것이다. 아이들이 슬럼프에 빠질 수 있으니 부모들이 격려의 편지를 종종 해 주라는 당부의 편지였다. 그래서 나는 매주 아들에게 편지를 쓰기로 마음먹었다. 정말 편지를 쓰도록 계기를 만들어 주신 선생님께 감사하고 있다.

한 달에 두 번 집에 오는 아이에게 거의 매주 편지를 써 주었다. 책을 읽을 시간도 많이 없는 아이를 위해 좋은 글들도 함께 보냈다. 그때그때의 상황에 알맞은 내용을 찾기 위해 인터넷을 몇 시간씩 뒤지고, 또 아들의 마음의 양식이 되는 책을 사서 읽고 내용을 요약해서 보내기도 했다.

아이와 대화의 부제를 메울 수 있는 좋은 방법이 바로 편지가 아니었나 싶다.

나의 편지는 우리가 든든한 지지자라는 것을 아이에게 지속적으로 알리게 되는 기회였던 것 같다. 아들은 내가 보내준 좋은 글을 책상에 붙여 놓고 자주 보기도 했다고 한다.

아들이 대학교 1학년 때 남편과 제주도로 부자들만의 여행을 갔었다. 거기에서 아들은 제주도 사는 후배를 만났는데 그 후배에게 인생 상담을 해주고 있었단다. 남편은 옆 테이블에서 귀를 쫑긋 세우고 그들이 하는 말을 들었다. 아들이 후배에게 충고해 주는 모든 내용에 우리가 아이에게 편지로 써 주었던 인생관이 그대로 묻어 있더라는 것이다.

대학생이 되었을 때는 편지를 잘 안 쓰고 문자로 자주 오늘의 명언 같은 글을 보냈다. 아들딸의 친구들이 하는 말이 이런 문자를 매일 보내는 부모는 나 밖에 없다고 했단다.

"그래서 싫어? 보내지 말까?"

"아니야, 아니야 엄마. 울 엄마 마음대로 하세요. 사실 잘 안 볼 때도 있지만 대부분은 읽어 보려고 노력해요."

엄마도 사랑받고 싶어

편지든 문자든 사랑이 담긴 좋은 글은 가랑비에 옷 젖는다는 속담처럼 아이들에게 부모의 생각을 슬며시 스며들게 하여 든든하게 터를 잡게 한 것 같다.

사실 나는 항상 짝사랑을 하고 있다.
내가 아무리 편지를 쓰고 사랑의 메시지를 보내도
아이들의 대답은
'사랑해용!' 하트 모양 3~4개, ㅋㅋ.
아니면 무응답!

내가 몇 년 동안 아들에게 딸에게 그렇게 편지를 썼어도 내가 받은 편지는 열 손가락에 겨우 들지 모르겠다. 그것도 생일이나 결혼기념일이나 어버이날에 편지 좀 써달라고 졸라야 써 준다. 부모는 자식을 항상 짝사랑하는 존재인가 보다. 그래도 아이들은 은근히 나의 편지를 기다린다. 그래서 나는 계속 짝사랑할 것이다.

아라한 장풍대작전

사랑하는 기쁨주는 천사님!

추석 때 엄마랑 같이 본 '아라한 장풍대작전'이라는 영화 생각나니? 엄마에게는 인상 깊은 영화였다. 그냥 내용만 본다면 약간 황당하지만 심오한 철학이 숨어 있다고 생각한다.

생활의 달인이라는 TV 프로그램을 보면 우리 주위에는 달인들이 참 많다. 고층빌딩에서 아슬아슬하게 매달려 유리를 닦는 청소부, 무거운 보따리를 두 손으로 잡지도 않고 머리에 이고 가는 할머니, 삶은 계란 껍질을 한 번에 몇 개씩 순식간에 까는 사람, 초밥을 만들 때 한 주먹에 거의 똑같은 양의 밥알을 넣는 사람, 인간의 한계를 넘나드는 스포츠 선수들, 신체적 장애를 극복하고 한의사가 된 시각장애인들, 독특한 메뉴를 개발하여 사람들의 입맛을 사로잡는 요리의 달인, 특히 요즘은 먹방에서도 이미 유명인사가 된 먹방계의 달인들, 이빨 하나로 트럭을 끄는 차력계의 기인들, 정말 인간의 한계를 넘어선 기인들이 참 많다.

그것이 무엇이든
어느 한 가지에 몰두를 해서 그것에 달인이 된다는 것은
바로 그 일에 있어서 고수이며, 득도한 도사이다.

그것을 이루기까지 그 사람은 얼마나 많은 시간과 노력을 투자하고 피땀을 흘렸을까! 이 방법 저 방법으로 시도하고 실패하고 또 시도하며 불굴의 의지로 건디어 냈을 거야.

우리가 누리고 있는 모든 과학적 혜택들을 애초에 개발한 과학자들이나 우리 주위의 생활의 달인이나 모두 신선의 경지에 이른 사람들이 아닐까 생각한다. 분야가 다를 뿐이지 존경받아 마땅한 사람들이다.

그래서 엄마는 아들이 너무 현실적인 물질만 쫓아 과를 정하기보다는 정말 네가 하고 싶은 것을 하면서 도사의 경지에 이르렀으면 한다. 나는 아들의 출세보다는, 아들의 행복에 더 관심이 많단다.

이번 한 주도 또 건강하고.

사랑해.

아마고사 사막의 물병

사랑하는 아들!

항상 하는 이야기지만 내 아들 참 장하다. 장학금을 받건 못 받건 그것은 별로 중요하진 않아.
10등 안의 등수는 장학금을 받건 못 받건 간에 불과 몇 점 차이일 뿐이라는 것 알아. 수재들 그룹 중에서 상위권에 든다는 것이 쉬운 일이 아니지. 정말 대단해.

더구나 과학경시 준비하랴, R and E 때문에 연구도 해야 하고, 거기다 토론대회까지 정말 바쁜 1년을 보냈네.
공부가 다는 아니라는 엄마 말을 참 잘도 지키고 살았더구나.
조금 걱정이 될 만큼! ㅋ

아들이 열심히 여기 번쩍 저기 번쩍하며 지적, 정신적, 신체적으로 모두 훌쩍 자랐을 것이라 생각해. 하지만 한 가지 꼭 알아 둬야 할 것이 있단다.

엄마가 아들에게 바라는 것은 외적인 성공이 아니야.
너의 끊임없는 도전정신과 네 주위를 돌아 볼 수 있는 따뜻한 마음도 함께라는 걸 명심해. 작은 것에도 감사하고 기뻐할 줄 알아야 가지지 못한 자에 대한 미안함과 동정심도 가지게 되는 거야. 그래야 인생이 감사하고 즐거울 것 같아.

인생의 즐거움은
큰 성공이 아니라 작은 일상적인 것들로부터 온다는 걸
명심하길 바래요.

오늘은 아마고사 사막의 물병에 대해 이야기 해 주고 싶다.
미국에 '아마고사'라는 사막을 가로지르는 작은 길이 있다고 한다. 이 길을 가다보면 중간쯤에 물 펌프가 하나 서 있단다. 그리고 이 펌프의 손잡이에는 다음과 같은 편지가 담겨진 깡통이 하나 매달려 있다고 해.

'이 펌프 옆의 흰 바위 밑에는 물이 가득 담긴 큰 병이 모래 속에 파묻혀 있습니다. 햇볕에 증발치 않도록 마개를 잘 막았지요.
그 병의 물을 펌프에 모두 붓고 펌프질을 하십시오.
당신은 갈증 해소는 물론 씻을 수 있는 물도 충분하게 얻게 될 것입니다. 당신이 충분히 물을 사용한 후에는 반드시 다음 사람을 위해서 그 병에 물을 가득 채워 마개를 꼭 막아 처음 있던 대로 모래 속에 묻어 두십시오.

추신 : 병의 물을 먼저 마셔버리면 안 됩니다. 제발 제 말을 믿으세요.'

만약 너무 목이 말라서 급한 마음에 펌프질을 하지 않고 병에 든 물을 마셔버린다면 어떻게 될까? 또 자신은 목마른 것이 해결되었다면서 병에 물을 담아 놓지 않고 그냥 자기 갈 길을 간다면 어떻게 될까?

순간의 목마름은 해결될 수 있겠지. 그리고 힘들고 지친 몸으로 펌프질해야 하는 수고도 하지 않아도 될 거야.

하지만 그렇게 한다면 스스로도 충분한 물을 얻지 못하는 것은 물론, 다음 사람은 물을 얻지 못해서 큰 고통을 당하게 될 거야.

결국 자신의 펌프질과 병에 물을 담아 놓는 정성이 스스로를 위한 것은 물론 어쩌면 다른 사람의 생명도 구할 수 있을지도 모르지.

사실 우리 주위를 둘러보면 나만 잘 되면 그만이라고 생각하는 사람들이 있다. 기준은 항상 자신이고 다른 사람에 대한 배려는 하지 않는 경우가 많다.

엄마는 우리 아들이 항상 자신이 조금 손해 보더라도 함께 즐겁게 살 수 있는 방법을 찾아내고 실천하는 사람이 되었으면 한다.

오늘도 아들은 열심히 글을 쓰는 한석봉!
엄마는 촛불 아래서 떡을 써는! 이 아니고 촛불 아래에서 두 손 모으고 있다!

에디슨의 실험실 벽에

사랑하는 내 천사 요한!

아들에게 옷을 보내기 위해 챙기면서 아들 옷에 얼굴을 묻어 본
다. 당연히 섬유유연제 냄새겠지만, 이상하게 엄마에게는 너의 향
취가 나는 듯하다.
그래서 마음껏 아들의 향취를 마셔보며 아들을 느껴보고, 아들을
향한 그리움을 달래 본다.

아들!
오늘도 열공하고 있겠네!!! 자기 일 알아서 잘 해 나가는 아들이
정말 정말 대견하다.
어려운 일이 닥쳐도 실망 않고, 도전하려는 네 정신이 정말 멋지
다. 아들의 10년 후의 모습은 지금부터 눈부시다.

이번 주는 아들이 사 놓고 간 다빈치의 두뇌 사용법을 읽고 있었
다. 아들은 읽었는지 안 읽었는지 모르겠다.

오래전부터 집에 있었던 것 같은데. 아들이 그리워 아들 책장 뒤 적이다 이 책을 발견했지. 아들이 이 책을 읽었다 해도 읽은 지 오래되어서 내용 다 잊어 버렸을 것 같기도 해. ㅋ
오늘은 이 책의 앞부분에서 읽은 몇 가지 이야기만 할게.

에디슨은 실험실 벽에 '힘들게 사고하지 않는다면 인생 최대의 즐거움을 맛볼 수 없다'라는 경구를 붙여 놓았다.

또 영국 사상가 버트란트 러셀은 "가장 두려워해야 하는 건 사고에서의 도피다."라는 말을 했고, 성공학의 아버지인 나폴레온 힐은 저서의 제목에 '생각하라, 그러면 부자가 되리라'라고 했단다.

그리고 다빈치는 역사상 최고의 사색가 중 한 사람!
그래서 실리콘밸리의 최고의 두뇌들을 고용하고 있는 회사들은 과학자들이 최고의 환경에서 사고할 수 있도록 모든 배려를 아끼지 않는다는구나.

비슷한 성적을 가진 중학교 학생 10명에게 일주일 동안 합숙을 시키면서 똑같은 어려운 미적분 한 문제를 주어서 어떻게 푸는지 실험을 했다. 하루 만에 푸는 애도 있었지만, 대부분의 아이들은 몇 날 며칠을 사고 한 후에 그 문제를 모두 풀었다는 거야.

사고한다는 것이 무슨 의미일까, 어떻게 하는 것일까를 생각해보는 계기가 될 것 같다.

아들에게 편지 쓰기 위해 인터넷을 뒤져 보았지.
사고한다는 것이 단순히 깊이 생각한다는 의미만 가진 것은 아니었어. 한자어도 다양하고 그 의미도 사뭇 다른 것에 조금 놀랐다.

1. 思考하다 사전적 의미: 생각하고 궁리하다.
심상이나 지식을 사용하는 마음의 작용을 하다. 이에 의하여 문제를 해결한다.
2. 思顧하다 사전적 의미: 두루 생각하다, 돌이켜 생각하다.
3. 查考하다 사전적 의미: 자세히 생각하고 조사하다
4. 四顧하다 사전적 의미: 사방을 둘러보다.

이러다가 학술적으로 들어가겠다. 갑자기 머리가 아파지기 시작하는군요. 아드님.

내가 말하는 사고하다는 1~4번까지를 두루 아우르는 의미일 것 같아. 또 사고에는 다양한 사고가 있어. 창조적 사고, 비판적, 수렴적, 확산적 등등.
여기까지!

오늘은 창조적 사고에 대해서만 이야기 하려고 해.
아들이 앞으로 하는 일에 가장 필요한 사고이지 않을까하는 생각이 들었거든. 이런저런 논리적 이야기 보다는 예를 들어 이야기하는 것이 좋을 것 같아서 인터넷 여기 저기 뒤지다가 정말 딱 알맞은 일화를 찾았다.

아들!

엄마가 이런 것 찾기 위해 때로는 몇 시간씩 인터넷 서핑을 한단다.

엄마의 이런 가상한 노력을 높이 사주기 바란다. ㅋㅋ

법정스님의 수필집에 실려 있는 이야기를 손희송 신부님께서 평하신 글이다.

제목은 거꾸로 보기 / 손희송 신부

법정스님께서 어느 날 자신이 거처하는 암자에서 점심 식사를 마친 후 마루에 팔베개를 하고 누워서 비스듬히 주위 경치를 바라보았다. 그랬더니 평소에 눈에 익고 친숙하게 보이던 산 경치가 다르게 보였다. 스님은 벌떡 일어나 마루에서 마당으로 내려와 서서 허리를 굽혀 가랑이 사이로 다시 그 경치를 내다보았지. 눈앞에는 완전 새로운 경치가 펼쳐져 있었다.

하늘은 푸른 호수가 되고 산은 그 속에 잠긴 그림자가 되었다. 스님은 이 발견이 너무나도 신기해서 찾아오는 손님들에게 남녀노소를 불문하고 소개를 했다. 먼저 스님이 숙달된 조교처럼 시범을 보이면 그들도 따라 하면서 어린 아이처럼 좋아했다는 것이다.

우스꽝스러운 이야기지만, 여기에는 중요한 가르침이 담겨 있다. 고정된 시각을 바꾸면 새로운 세계가 펼쳐진다는 가르침! 사람은 각자의 고유한 시각으로, 비유로 말하자면 서로 다른 도수와 색깔의 '안경'을 통해서 세상을 보게 된다.

엄마도 사랑받고 싶어

각자의 고유한 시각에서 독특한 개성이 형성되기도 하지만, 다른 한편으로는 편견과 고정 관념이 생겨서 거기에 갇히는 경우가 많다. 물론 사람은 익숙하고 당연한 것에 머물기를 좋아해서 거기서 벗어나기는 쉽지 않다.

하지만 익숙한 것에서의 '탈출'은 우리에게 새로운 세계를 선사해준다. 일이 잘 풀리지 않을 때 일상사를 한 번 거꾸로 보는 시각 전환을 해 보면 좋겠다. 그러면 의외로 답답한 마음에 시원한 바람이 통할 것이다.

하루 종일 연구하느라 컴퓨터만 바라보고 있는 아들에게 정말 필요한 것일 수도 있겠다 싶어. 조용히 문제를 사고할 만한 너만의 장소를 찾아보면 어떨까?
멋진 너의 캠퍼스를 천천히 걸어 보는 것도 좋은 사고의 시간이 아닐까 싶어요.

사랑한다. 내 아들!
내면의 깊이를 가진 훌륭한 과학자가 되길 바래요.

웃음이 운명을 결정한다

사랑하는 기쁨주는 천사님,

요즘 많이 덥지?? 방학인데도 집에 못 오고 열공하고 있을 아들을
생각하니 안쓰럽다. 하지만 어쩌면 거기 있는 것이 더 나을 수도
있어. 우리 집은 에어콘이 없거든. ㅋ

약 10일 정도 안 봤는데, 왜 이렇게 길게 느껴지는 건지.
엄마가 며칠전에 TV에서 웃음에 대해 연구 조사한 다큐멘터리를
보았어. 우리가 꼭 마음에 새겨야 될 교훈 같아서 함께 나누고 싶어.

여성 3명의 고등학교 시절 찍은 사진을 가지고 30년 후의 실제 그
들이 사는 모습을 조사를 했어.
사진에서 첫 여성은 밝게 웃고 있었고, 둘째 여성은 입가만 살짝
웃는 모습만 지었고, 셋째 여성은 전혀 웃지 않고 있었어.

30년 뒤의 그들의 모습은?

첫 여성은 좋은 남편에 성공한 자녀를 둔 행복한 주부였고, 표정도 아주 편안해 보였어.

둘째 여성은 결혼은 했지만, 이혼을 했고, 지금은 혼자 살고 있으며, 표정은 곱게 늙은 모습은 아니었어.

셋째 여성은 결혼을 아예 안 하고 혼자 살고 있으며, 얼굴에 심술이 가득 붙은 것 같았다.

인도에 한 암 병동에서는 웃음 요법을 쓰는데, 암의 진행도 느리고, 완치 되는 사람도 있고, 통증도 상당히 완화된다는 거야.
감옥소에서도 웃음 요법을 썼는데, 죄수들이 사회에 나갔을 때 다시 들어오는 확률도 낮았고, 감옥소 내에서 다툼도 줄었다는 거야.

한 연구에서는 한 부부가 이혼의 단계에 있었는데, 집안에 CCTV를 설치하고 그 두 사람이 대화할 때 표정이나 평상시 표정을 계속 관찰했어.

그런데 남편은 부인에게 이야기 할 때 눈썹을 치켜 올리면서 화난 표정으로 이야기를 하는거야. 담당의사는 이것을 지적했고 이혼하기 싫으면 남편의 표정을 고치라고 조언을 했다.
웃지 않고 인상을 계속 쓰는 사람과 함께 자주 대화를 하면, 상대방이 스트레스를 받고 병에 걸릴 확률이 높다는 거야.

또 다른 연구에서, 무서운 장면이나 무서운 사진을 보고 우리의
뇌가 어떻게 반응하는지에 대해 관찰했어.

뇌파의 변화를 알아 보기 위해 한 남자가 MRI촬영을 하러 기계실
에 들어갔는데, 처음에는 뇌에 아무런 반응이 안 나타났어.
하지만 화난 얼굴이나 무서운 장면의 사진을 보여 주었더니, 뇌의
한 부분에 색깔이 검게 나타나면서 민감하게 반응한 거야.

그것이 인체의 리듬에 해로운 영향을 미친다는 거지. 그래서 그런
것들이 자주 반복이 되면 병에 걸리거나 암에 걸릴 수도 있다고
한다. 나중에 그 남자에게 무서운 장면의 사진을 보았을 때 기분
이 어땠냐고 물었더니, 본인은 아무런 감정이 없었다는 거야.
그냥 그런 사진인가 보다 하고 생각했다는 거지. 하지만 우리의
뇌는 아주 민감하게 반응한 거야.

오늘 엄마의 교훈!
항상 웃자, 억지로라도 웃자, 또 주변 사람들을 웃기자,
아니면 웃음을 주는 사람들과 많이 사귀자.

엄마도 사랑받고 싶어

Start line은 아직 멀었다

사랑하는 내 기쁨 주는 천사 그라시아에게

생일 진짜진짜 축하해!
너는 정말 아빠 엄마의 큰 기쁨이고 행복이야.
항상 하는 말이지만, 우리에게 와 주어서 정말 정말 고마워.

내 천사가 아직도 1년을 더 생고생을 해야 한다고 생각하니
엄마 마음이 아린다.

달리기 선수를 생각해보자. 달리기 선수들이 다른 선수들과 똑같은
결승전을 향한 start line에 설 때까지 피나는 노력을 한다. 밤잠을
설치고 뛰고 뛰고 또 뛰고 체력을 기른다. 하고 싶은 것, 먹고 싶
은 것 다 참아가며 체력 향상을 위해 노력할 때, 그때만이 드디어
start line에 설 수 있어.

우리 천사는 아직 start line에 서지도 못한 준비 단계인거지.
사실은 start line에서 부터가 진짜 게임이다.

1년 준비를 잘 해서 *start line*에 보란 듯이 진짜 게임을 향해 손을 흔들기를 엄마는 열렬히 바란다.

엄마는 그렇게 걱정은 안 해. 그렇게 안달도 하지 않아.
우리 기쁨씨의 열정이 그쪽으로 잘 인도할 것을 믿기 때문이지.

성경말씀에 '두드려라 열릴 것이다. 찾으라 찾을 것이다.'라는 말씀이 있다. 하느님의 축복은 어디 꼭꼭 숨어 있는 것이 아니라 우리 주위에 널려 있다고 생각해.

찾아 헤맬 때만이 손에 쥘 수 있을 거야.
찾아 헤매는 그 힘과 끈기가 바로 열정이 아닐까 한다.

사랑하는 내 복덩이씨!
네가 태어나서 엄마가 건강해 졌다는 말!
이 말은 너는 행운아란 소리야.
너 때문에 우리가 행복하다는 말!
이 말은 네가 우리에게 뿐만 아니라 네 주위의 모든 사람에게 가치 있는 사람이란 말이기도 하지.

정말 정말 사랑한다... 생일 정말 정말 축하한다.
축하 *뽀뽀* 삼 세 번 "*쪽!*" "*쪽!*" "*쪽!*" ㅋㅋ
시험 잘 찍어, 잘 보지만 말고ㅋㅋㅋ

엄마도 사랑받고 싶어

항상 성공해서 실패의 아픔을 모르기보다는

기쁨주는 천사님 1호!

이번 한 주 고생했다!
나름대로 후회도 있을 것이고 나름대로 만족도 있겠지.
최선을 다했다면 그 최선을 다한 자신에게 박수를 쳐 주고,
최선을 다하지 못했다는 생각이 들면 그런 자신에게 위로와 용기
를 주어 다음을 다짐하게 해 주면 좋겠다.

결과에 연연해서 우울해 하지 말아요.
무엇이 문제였나 생각해 보고 개선의 여지가 있으면 다음번에 다
시 잘 하면 되지 않겠니?

아빠 엄마는 항상 간절히 바란단다.
우리 아들이 항상 성공만해서 실패의 아픔을 모르기 보다는
실패의 아픔을 딛고 일어서는 불굴의 의지의 사나이가 되기를.
실패의 아픔을 아는 자 만이 진정한 성공을 즐길 수 있지 않을까!

또 우리는 아들이 사회적 성공을 위해 질주하는, 그래서 항상 불안하고 질투하고 시기하고 좌절을 많이 하는 사람이기 보다는 행복한 삶을 살았으면 좋겠어.

행복은 멀리 저 너머 있는 무지개가 아니라 지금 네 곁에서 옅은 향을 솔솔 풍기고 있는 작은 꽃잎일 수도, 지금 네 곁에서 웃고 있는 가족, 친구, 이웃들이란 것을 잊지 말았으면 해.

공부도 그래.
새로운 미지의 지식을 향한 너의 호기심으로 다가가야 더 재미있지. 할 수 없이 해야 하는 지겨운 대상으로 여기기 시작하면 공부는 더 이상 너의 즐거움이 아니라 짐이요, 쓰레기통에 처넣고 싶은 애물단지로 전락해 버리지.

생각의 전환을 어떻게 활용하느냐는 너의 인생의 좋은 길잡이가 될 수도 있지 않을까 싶어.

엄마도 사랑받고 싶어

사랑한다 뇌세포야

아들이 어느 날 머리가 멍해서 공부가 안 된다며 자신이 빙 상태에 들어간 것 같다고 우울한 목소리로 전화를 했다. 전날 쪽지 시험을 보았는데, 갑자기 하나도 생각 안 나며 머리가 멍해지더란다.

내가 아는 어느 분의 딸은 중학교 때까지 공부도 잘하고 손에서 책이 떨어질 날이 없을 정도로 책도 좋아했고 동네에서도 소문난 천재였다. 그런데 어느 날 머리가 이상해져서 고등학교 진학도 못하고 집에만 있게 되었다. 30살이 넘도록 집에서 이상한 행동을 하며 지냈다.

이웃사람들과 아이들이 '미친 여자'라고 놀리는 바람에 밖에 잘 내보내지도 않았고 하루 종일 텔레비전에서 나오는 소리를 반복해서 말하며 텔레비전하고만 놀았다. 아마 지금은 할머니가 되었거나 돌아가셨을 거다. 그 당시 갓 고등학교를 졸업한 나에게 그 분과의 첫 만남은 큰 충격이었다. 얼굴도 참 예쁜 30살 넘은 아가씨였는데 머리가 너무 좋아서 그리 됐다고들 했다.

기쁨 주는 내 천사,

머리가 빙 상태에 들어갔다니 마음이 아프다.
생각해봐. 음식도 너무 많이 먹으며 탈나지?

너의 뇌도 너무 많이 갑자기 지식을 포식하면 배탈이 나듯 뇌도
탈 날 수 있지 않을까 하는 생각이 든다. 마치 배탈이 났을 때 먹
었던 것을 위로, 아래로 뱉어내는 것처럼, 너의 뇌도 그럴 수 있다
는 생각이 들어서 조금 걱정이다. 그러니 쉬어 가야지.

그리고 너의 세포는 살아있는 거야.
너의 뇌세포에게 말해. 달래줘. 그리고 사랑해 줘.
"미안해, 너무 혹사시켜서, 나의 뇌세포야 사랑해.
좀 도와줘 등등 좋은 말로……."- 쬐끔 웃긴다. ㅋ ㅋ ㅋ

물에게도 자주 좋은 이야기만 하면, 육각수로 변하고 나쁜 이야기
를 하면 물맛도 변하고 물의 형태가 일그러진다는데, 하물며 너의
세포는 어떻겠니?

물에 사는 미생물보다 더 굉장한 생명체가 네 몸에 있는 거야.
그러니 어떤 문제가 안 풀릴 때 너의 뇌에게 "야, 이 돌아, 야 이
머저리야, 너 왜 그러니." 하고 막 머리 때리지 마!
대신에 속삭여.

"좀 도와줘. 사랑해. 너 정말 똑똑해.
정말 존경스러워.
아무리 어려운 문제도
잘 해결해 줄 수 있는 능력을 가진 너는 정말 자랑스러워.
너는 할 수 있어. 그런 능력을 충분히 가지고 있어."

라고. 그러면 뇌세포들이 즐거워서 더 힘을 내고 네 머리가 더 좋아질지 어떻게 알겠니!
거울 쳐다보며, 예쁘다 예쁘다 하면 정말 예뻐진다고들 하잖아.

너의 세포는 너의 몸에 있을 뿐이지 너의 것이 아니야. 너의 세포를 너무 과격하게 다루면 고통으로 항의하고, 너무 무관심하면 또 다른 방법으로 너에게 해를 끼치는 아주 어린아이 같은 존재리고 하더라. 잘 다루어서 너의 아군으로써 막강한 군대를 가지느냐, 아니면 적군이 되게 하느냐는 너에게 달린 거지요.
믿거나 말거나! 믿어라 믿는 자에게 복이 오나니!

사랑하는 아들,

다시 말하지만 일등 인생이 성공한 인생이 아니란 것 명심해.
수고한 아들! 오늘은 나가라, 밖으로.
나무, 풀, 꽃, 코끝을 스치는 바람, 자연의 모든 정령들의 속삭임을 느껴보길 바란다.

그리고 말해 봐요.

너에게, 너의 뇌세포에게, 너 주위의 모든 것들에게.

"고마워, 사랑해."

성년이 된 아들에게

기쁨 주는 내 복덩이 천사님!

성년의 날을 성대하게 축하하지 못해서 미안하다.
정말 정말 축하해.

사랑하는 내 아들아,
벌써 이렇게 커서 성인이라는 호칭을 받는 나이가 되다니 세월이
화살같이 빠르다는 말이 실감난다.

아이를 낳지 못 할지도 모른다는 말을 들으며 자궁근종 절제 수술
을 위해 병원 수술실을 향하던 일이 엊그제 같은데, 이렇게 잘 커
서 성년으로 가는 문턱에 서 있네.

세상일이 무엇이 그리 궁금한지 10개월도 못 채우고 9개월 만에
2.15kg라는 보통 신생아의 몸무게에 턱없이 부족한 몸무게를 가
지고 너는 태어났다.

삐리삐리 말라서는 뼈만 앙상한 몰골로 얼굴은 쭈글쭈글, 코는 납작, 엄마 뱃속에서 무얼 그리 못 얻어먹었는지 피골이 상접한 모습으로 세상에 너의 모습을 드러냈다. 그렇지만 너는 인큐베이터에 들어가지는 않았다. 2.35㎏으로 태어난 네 동생은 인큐베이터들어갔는데, 2.15㎏이면 당연히 인큐베이터에 들어가야 하는몸무게인데도 불구하고 네가 인큐베이터에 들어가지 않은 것은네가 태어나서 먹은 첫 우유가 60㏄였기 때문이다.

비록 몸무게는 미달이었지만 너는 건강한 사내아이였다. 비록 10개월을 다 채우지 못하고 나왔지만 너무나 빛난 모습으로 하루하루가 다르게 변해 가는 너의 모습은 신비 그 자체였다.

사실 너는 우리가 너무나 기다리던 아이였다는 것 너도 잘 알고있을 거야. 결혼한 지 2년이 지나도 아빠 엄마에게 하느님께서는사랑스런 아이를 점지해 주지 않았다.

엄마의 나이가 31살이었기 때문에 이미 늦은 상태라 사실 걱정을했었다. 그래서 불임클리닉도 받고, 좋은 한약도 먹어보고 이것저것 여러 가지 방법을 써 보았다. 특히 매일 밤 아빠와 무릎을 꿇고묵주기도를 드렸다. 우리에게 귀한 아이 한 명만 점지해 달라고,그러면 잘 키우겠노라고 열심히 빌고 또 빌었다.

할머니는 아빠가 장남이기 때문에 더 손자를 바라고 계셨다. 그당시 할머니는 불교를 믿고 계셨는데 절에다가 우리 이름을 올리고 열심히 부처님께도 빌었다. 예수님, 부처님 모두에게 공을 들여서 그랬는지 드디어 네가 엄마 품에 들어왔다. 그러니 네가 태어났을 때 얼마나 사랑스럽고 예뻤겠니? 그 시절을 회상하니 엄마 눈에 눈물이 고인다.

너를 뱃속에 가졌을 때는 온 가족이 기다리던 아이였기 때문에 먹는 것도 뼈에 좋은 것, 두뇌에 좋은 것 생각하면서 먹었다. 또 물은 어떻고, 춘천에서 근무하시던 내 아빠는 네가 엄마 뱃속에 있을 때부터 서울에 올 때마다 새벽 4~5시에 춘천의 용암 샘터에서 물을 받아왔다. 새벽 3시부터 오전 10시까지 산의 정기가 베인 물이 나온다고 해서 그리 한 것이다. 너는 이유식을 먹을 때까지 계속 그 물을 마셨다.

또 엄마는 혹시 뱃속이 네가 잘 못 될까봐 계단도 오르내리지 않았다. 계단이 있으면 돌아서 가곤 했다.

아기 때는 또 어찌 그리 귀여운지. 머리통은 동글동글해서 너를 데리고 나가면 모두 너의 머리를 쓰다듬으며, "이놈 머리 좋게 생겼네."하고 좋은 덕담을 너에게 주곤 했다. 어떤 사람들은 어떤 선견지명을 가졌었는지 너에 대해서 참 좋은 말을 해 주기도 했다.

지금 생각해 보니 그 분들의 말씀이 그냥 해주는 좋은 말이려니 했는데 모두 진실이었다는 생각이 든다. 그분들이 해준 자세한 이야기는 너도 조금은 알고 있겠지만 그냥 엄마 가슴에 새기고 있으련다.

기쁨 주는 천사님!

정말 잘 커주어서 너무너무 고맙다. 이렇게 빛나는 모습으로 잘 자라고 있어서 엄마는 행복하다. 이렇게 멋진 모습으로 성년으로 가는 문턱을 넘게 되어서 엄마는 너무나 자랑스럽고 가슴 뿌듯하다. 이 세상에 태어나서 우리에게 벅찬 순간들을 많이 만들어 주어서 진짜 진짜 고맙다.

사랑하는 내 아들!

아들의 주위에는 마치 아우라가 있는 것처럼 좋은 기운이 서려있다. 아들이 우리를 맞으러 웃으며 나올 때는 정말 눈이 부시다. 너를 에워싸고 있는 그 아우라는 네가 미소 지을 때 더 빛난다.

엄마에게는 간절한 바램이 있다. 아들이 좋은 짝을 만나는 것이다. 서로 의지하고 서로에게 힘이 되어주는 너의 행복을 배가 되게 해주는 현명하고 착한 짝을 만났으면 한다. 꼭 그렇게 될 거라 믿어.

또 성인으로서의 앞으로의 네 삶이 더 빛나고 행복했으면 하는 거다. 행복이란 무엇인가에 대해서는 너무나 많은 사람들이 잘 알고 있다. 하지만 사람들은 머리로는 알고 있지만 실천은 잘 하지 않는다.

행복은 멀리 있는 무지개가 아니란다.
행복은 나의 작은 희생으로 배가 된다.
행복은 나의 노력으로 쟁취하는 것이지 그저 주어지는 것이 절대 아니다.

또 다른 바램은 아들의 원하는 바를 꼭 이루는 것이다.
그래서 그것으로 너의 주위를 환하게 비추는 거야.
네 주위의 많은 어려운 이들을 외면하는 그런 삶은 결코 바람직한
삶이 아니다. 함께 사는 세상이 가장 이상적인 삶일거라 생각해.

기쁨 주는 내 천사!
우리에게 와서 기쁨 주는 천사가 되어 주어서 정말 고맙다.
늘 건강하고, 사랑해! 사랑해! 사랑해!

딸이 드디어 성년의 문턱을 넘다

축하해야 되려나 아쉬워해야 되려나!!!
엄마에게는 아직도 마냥 아긴데 이제 어른이 되네. 언제 이렇게
커서 시집가도 될 나이가 되었는지. 허! 참!!!
철학적이고 멋진 말을 한 번씩 툭 던질 때는 어휴 내 아기가 이리
컸나 싶다.

너무나 예쁘고 늘씬하고 착하고 사랑스럽게 잘 자라준 내 딸!
정말 눈이 부시다.
너를 생각하면 엄마 얼굴에 미소가 번진다.

너의 미래는 너무나 밝다.
너의 미소가
박장대소하는 웃음이
긍정적인 힘이
아기들을 사랑하는 따뜻한 마음이
사람과 어울리기를 좋아하고 좋은 점을 보려는 마음이

너를 항상 행복한 사람이 되도록 이끌어 줄 것이기 때문이다.
아빠 엄마는 너와 오빠에게 바라는 것 오직 한 가지다.
매일 매일 행복한 삶이었으면 하는 것이다.

엄마가 항상 잘 쓰는 말, '피할 수 없으면 즐겨라'
어떤 힘든 일이 닥쳐도
미래의 너의 계획이 너를 때론 힘들게 한다하더라도
오늘 너에게 주어진 시간들에게 최선을 다하고 즐기고자
노력한다면 매일 매일이 행복하지 않을까 싶다.
미래는 오늘의 연속일 뿐이다.
오늘이 없는 미래는 헛된 몽상일 뿐이지.
오늘 하루를 멋지게 사는 내 딸이 되기를 바란다.

사랑하는 내 딸!
정말 지금까지도 잘 커서 성년의 문턱을 넘어 주어서 고맙다.
앞으로도 너에게 펼쳐질 인생의 무대를 멋지게 장식하기를 바라며
우리는 두 손 모아 기도로써 힘을 보탠다.
성년의 날 정말정말 축하해!

사랑하는 내 딸!
엄마는 항상 너무너무 감사하고 산다.
이 세상에 태어나서 이렇게 빛나고 멋진 아들, 딸한테서
사랑받는 아빠 엄마가 되어서 정말 행복하고 감사한다.

이제 성년이 된 딸에게 엄마가 정말 고백하고 싶은 게 있다.
물론 너도 짐작은 했겠지만 정말 드러내고 싶지 않은 나의 일생일
대의 치부이기도 하다.
하지만 이렇게 이제 딸에게 드러내는 것은 혹시 너의 미래에는 이
런 말도 안 되는 실수를 할 뻔 한 엄마의 경험을 간접경험 삼아 절
대로 그런 일을 하지 않기를 바라기 때문이다.

할머니가 말씀하시는 걸 들은 적이 있을 거다.
"니 엄마는 너 낳지 않으려다 낳았어."
할머니가 그런 말 할 때는 절대 아니라고 나는 극구 부인했다.
혹시 너에게 마음의 상처가 될까봐 걱정했었지.

하지만 이제 성인이 된 내 딸은 절대 이런 일로 상처 받을 만큼 마
음이 여리지 않기 때문에 담담하게 이야기 할 수 있다.
하지만 사실 절대 담담하지는 않다. 그때 생각하면 나의 행동에
소름이 쫘악 끼친다.

잠시 동안 엄마 뱃속에서 내 딸이 스트레스 받았던 걸 생각하면
너무 너무 미안해진다. 너의 이마에 붉은 점이 어쩌면 그 때 생긴
것이 아닌가 하고 더욱더 미안한 마음이 든다.

그래도 너는 태어날 수밖에 없었던 우리 집안의 복덩이다.
이것만은 꼭 알아주기 바란다.
하느님께서 너무나 어리석은 엄마에게 너무나 명쾌하게 절대로
안 된다고 싸인을 보내 주셨거든!!!

21년 전 너를 가졌을 당시로 돌아가 보자.

오빠가 이제 겨우 첫돌을 넘길 쯤 기쁨주는 천사 2호가 엄마에게 온 걸 알았다. 그 때는 엄마의 나이가 워낙 많았고 개복 수술을 2번이나 이미 한 상태고 원래 계획도 1명만 낳아 잘 기르자였고, 또 좀 더 빨리 생활 기반을 잡기 위해 엄마도 직장을 다녀야 한다고 생각했다. 몸도 그렇게 건강한 편이 아니라 사실 겁도 났고 또 신앙심도 그리 깊지 않아서 **가 얼마나 큰 죄인지 그 당시는 별로 인식도 못하고 있었다. 그런 말을 여기 쓰는 것조차 민망하고 죄스러워서 ** 처리 한다.

그래서 여러 가지 상황으로 인해 병원에 가기로 결심했다. 가족 모두 엄마의 의견에 동의를 했지만 병원에 가는 내내 엄마는 정말 밤낮 쉬지 않는 기도를 했다.

'하느님, 저는 아직 제 자신을 잘 모르겠습니다. 만약 의사선생님이 저를 극구 말린다면 하느님의 뜻이라 생각하고 **하지 않겠습니다.'

그런데 정말 하느님의 뜻이었다.
진찰 받으러 들어갔을 때 의사 선생님은 엄마에게 말했다.

"첫아이 가지기도 힘들었는데 그저 생긴 둘째인데 왜 포기를 하세요. 3번 수술하셔도 괜찮아요. 자궁유착만 되지 않게 조심하시면 됩니다. 20분 정도 시간을 드릴테니까 밖에 나가셔서 다시 생각해 보고 오세요."

엄마는 너무 기뻤다. 마치 천사의 목소리를 듣는 듯 했다.

"아니요. 선생님 그냥 갈래요. 저 이 아이 낳을래요. 말려주셔서 너무 너무 감사합니다."

엄마는 1초도 망설이지 않았다. 그때부터 왜 그렇게 너에게 미안했는지……. 이 글을 쓰는 이 순간 그 때를 생각하니 눈물이 나온다.

그 때의 미안한 마음과 지금 너무나 사랑스런 네가 내 옆에 있어서 벅찬 기쁨의 두 마음이 교차해서 더 눈물이 나오는 듯 하다.

네가 7개월 되던 때 엄마는 병원에 며칠 입원했었다. 웬일인지 오빠 때는 안 그랬는데 며칠 동안 어지러워서 아무것도 먹지 못하고 조금만 옆으로 움직여도 토해서 움직이지도 못했다. 결국 병원에 입원했다. 병원에서도 원인을 알 수 없었고, 그렇다고 입덧은 더더욱 아니었다.

그런데 사실 처녀 시절부터 엄마의 한 쪽의 들리지 않는 귀 때문이었는지는 몰라도 1년에 몇 차례 연례행사처럼 어지러워서 꼼짝도 못하고 누워 있곤 했었다. 그래도 그 정도로 심하지는 않았다.

그런데 정말 희한한 것은 그렇게 심하게 어지러웠던 그 사건 이후로 지금까지 한 번도 어지러워서 토하고 한 일이 없었다는 거야. 너의 외할머니는 항상 말했다. 네가 딸이라서 엄마를 건강하게 했다고.

엄마도 사랑받고 싶어

외할머니가 잘 아는 어떤 스님이 그랬단다. 내가 딸을 낳으면 너와 내가 합이 좋아서 엄마인 내가 더 건강해 질 거라고…….
그래서 외할머니는 너를 무척이나 좋아했다. 특히 딸이라서 더더욱 예뻐했다. 당신 딸이 건강해진다니까 더욱더 그랬겠지!

그렇게 너는 우리 집안의 복덩이로 태어났다.
네 외할머니와 외이모할미니들은 네가 어쩌면 지 엄마를 쏘옥 빼닮았냐고 너무나 예쁘다고 난리였다.
정말 얼마나 사랑스럽고 예뻤던지...

네 오빠도 너를 무척 예뻐했다.
20개월밖에 차이가 나지 않아서 그랬는지 너는 오빠를 이기려고 했지. 오빠는 도망 다니고 네가 오빠를 쫓아가고 그랬다. 그러면 오빠는 엄마에게 sos를 청했다.

"엄마, 시은이 말려줘. 나 때리려고 쫓아 와." ㅋㅋㅋ

네 오빠가 워나 온순했으니 망정이니 그러지 않았으면 엄청 싸웠을 거다. 네 오빠가 많이 양보했지. 사실 지금도 많이 양보하는 편이야.

또 네 할아버지와 할머니는 어떻고!
네 할아버지를 생각하니 또 눈시울이 붉어진다. 너를 정말 정말 예뻐했다. 그저 허허 웃으시며 "우리공주, 우리공주"하시던 모습이 그립다.

이렇게 예쁘게 20대를 맞는 너를 함께 볼 수 있었으면 얼마나 좋아하셨을까!

사랑하는 내 딸!
네가 백일이 된 후 엄마는 직장을 그만 두었다. 두 아이를 너무나 사랑했던 엄마는 도저히 아이 둘을 할머니에게 맡겨 놓고 직장을 가기가 너무 싫었다. 그리고 생각했다.

'엄마를 가장 필요로 하는 이 시기에
만약 내가 물질을 쫓아 이 귀한 시간을 놓쳐버린다면
틀림없이 후회할지도 몰라.
돈이야 나중에 벌면 되지만
아이들과 함께 할 수 있는 이 시간을 놓치면 영원히 가질 수 없다'

그래서 너무나 괜찮은 직장이었지만 그만 두었다. 그때가 네가 백일 갓 지나서였고 네 오빠는 25개월이었다. 지금도 엄마는 그때 직장을 그만둔 것을 후회하지 않는다. 너희들의 어린 시절을 매일 매일 24시간 함께 할 수 있어서 너무너무 행복했다.

너도 알다시피 어릴 적 너는 외할머니 집에서는 울보였다. 잠시도 엄마와 떨어져 지내기 싫어했다. 너를 외갓집에 맡기고 잠시 외출 할라하면 몇 시간을 그치지 않고 울어댔다. 엄마가 잠시 화장실에 가도 화장실 앞에서 엄마가 나올 때까지 울었다. 그러니 그런 별명이 붙을 만도 했다.

집에 같이 있을 때도 엄마 옷자락이라도 잡고 있어야 했다. 그래서 상대적으로 네 아빠는 항상 불만이었다. 엄마밖에 모르는 네가 때로는 섭섭해서 항상 너와의 애정 전선에 불만을 품고 있었다.

어쩌다 아빠가 너를 안게 되면 네 아빠는 세상을 다 얻은 듯 행복해했다. 지금 역시도 네 아빠는 네게 불만이 많다. 손도 잡고 싶고 안아 보고도 싶은데 요놈의 딸내미는 시큰둥하기만 하니 항상 불만이다.

너무나 사랑하는 기쁨주는 내 천사 2호!
다시 한 번 성년의 날 너무너무 축하한다.
너의 아름다운 20대를 마음껏 누리며 꿈을 꾸며 행복해 하고
꿈을 이루기 위해 노력하며 그 노력자체만으로도 행복하기를 바란다.

예쁜 사랑도 이루길 바라며
내 사랑하는 딸을 위해 촛불 밝히고
두 손 모아 매일 매일 기도드린다.

아이들과 나누고 싶은 이야기

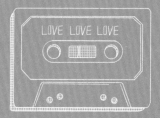

인간의 능력

전철역 안에서 할머니 한분이 의자에 앉아 있었다. 무엇을 실었는지 짐이 잔뜩 들어가 있는 카터를 앞에 두고 전철을 기다리고 있었다.

'어이쿠 저렇게 연세가 드셨는데 무슨 짐을 저렇게 많이 가지고 다니시나.' 정철의 '늙은 것도 서러운데 짐까지 웬 말이요' 라는 시가 생각이 났다. 안타까운 마음에 계속 눈길이 갔다.

그것도 잠시 그 할머니가 일어났을 때 나는 기겁을 했다. 할머니의 허리가 반으로 접혀져 있는 것이다. 앉아 있을 때는 몰랐던 할머니의 몸이 일어서서 걸을 때는 허리를 펴지 못했다. 나도 모르게 입을 막고 신음소리가 밖으로 새어나오지 못하게 했다. 할머니는 나의 놀란 모습을 비웃기라도 하듯 아픈 기색도 없이 씩씩하게 카터를 밀면서 걸어갔다.

아인슈타인에 의하면 일반적인 인간은 1%의 능력만 발휘한다고 한다.

얼마 전에 루시라는 영화를 보았다. 이 영화는 우리 인간의 숨어 있는 99%의 능력을 극대화시켰을 때 어떤 가공할 만한 힘을 발휘할 수 있는지에 대한 공상과학 영화이다.

불이 나면 엄마는 피아노가 아이인줄 알고 들고 뛴다는 말이 있다. 이 또한 인간능력의 한계가 무한함을 보여 준다.

때로 자폐증을 가진 사람들의 편향된 엄청난 능력을 접하곤 한다. 이런 능력 또한 우리 인간이 가지고 있는 숨은 99% 중의 또 다른 1%가 아닐까 싶다. 하지만 그 또 다른 1%로의 능력은 절대로 그냥 주어지는 것이 아니라는 생각이 든다.

우리는 종종 극한 직업을 가진 사람들, 익스트림 스포츠를 즐기는 사람들, 몸이 불편한 사람들의 상상을 초월한 삶을 엿 볼 수 있다. 그들의 노력은 수백, 수만 번의 반복을 통해 만들어내는 기적이지 그냥 얻어 지는 것은 아니다.

우리가 익히 많이 들어 알고 있고 한국도 방문했던, 오체 불만족의 저자 오토다케 히로타다, 팔다리 없는 소년 레슬러 토르소맨, 손가락 두 개로 손가락 10개로도 치기 힘든 피아노 건반을 자유자재로 다루는 소녀, 그 외에도 인간의 능력의 한계가 어디까지일까 궁금하게 만드는 참으로 경이로운 삶을 사는 사람들이 있다. 그들은 우리의 상상을 초월하는 힘든 시간을 겪은 대단한 영웅들이다.

일본의 한 여성에 관한 다큐멘터리를 보았다. 젊은 여성인데 손과 다리가 없었다. 하지만 입과 머리와 어깨를 이용해 옷을 너무 잘 입어서 리포터가 물었다.

"어떻게 그렇게 옷을 잘 입어요?"

그녀는 환하게 웃으며 말했다.

"이 옷을 입을 수 있게 연습하는데 4년이 걸렸어요."

가슴이 먹먹해지는 순간이었다. 우리는 언제 배웠는지도 모르게 서너 살 때부터 옷을 쉽게 입기 시작했을 일을 그녀는 4년을 피나는 노력으로 얻어낸 것이다.

하루하루 바쁘게 사느라 때로는 운동할 시간도 밥 먹을 시간도 없이 시간에 쫓기며 사는 우리들의 시간과 그녀의 시간은 확실히 다르다. 우리는 시간이 빠르다고 투덜거리며 허겁지겁 따라가며 살지만 그녀의 인생은 시간이 뒤에서 느릿느릿 따라 온다. 그녀에게는 시간의 개념이 아예 사라진 것이다. 그녀에게 시간은 그리 중요한 것이 아니다. 오늘을 산다는 것! 그것이 중요하다.

개개인의 삶을 특히 몸이 불편한 사람들의 처절한 삶을 돌아보면 인간능력의 한계는 경계가 없어 보인다. 하지만 그 한계를 무너뜨리는 것은 누구나 할 수 있는 일은 아니다. 죽으라고 애쓰는 자들에게만 주어지는 보상이다.

신은 인간이 견딜 만큼만 고통을 준다는 말이 있다.
나는 아니라고 하고 싶다.
인간은 어떤 고통도 견뎌 내는,
견뎌 내려고 하는 엄청난 영물이다.
신이 견딜 만큼의 고통을 주는 것이 아니라 인간이,
대단한 인간이 견뎌가는 것이다.
죽을힘을 다해서……
그런 인간이 신보다 더 존경스럽다.

오지랖

　얼마 전 서울에 있는 어느 전철역 종점에서 전철을 탔다. 전철에 올라 탔을 때 빈자리가 몇 개만 남아 있었다. 자리를 잡고 앉았는데……. 이런, 바로 내 앞 좌석 밑에 개똥이 한 덩어리 떡 하니 자리 잡고 있는 게 아닌가? 그 자리만 피해서 사람들이 앉아 있었고 바로 내 양 옆에는 이미 사람들이 앉아 있었다. 나보다 먼저 승차한 사람들이 못 본건지 못 본척하는 건지 나만 밟지 않으면 된다는 심산이었는지 모두 외면하고 있었다. 나는 용수철처럼 바로 가방에서 휴지를 꺼내 똥을 들고 밖으로 나갔다. 전철을 놓칠 수 있는 상황이었지만 똥을 치워야 한다는 생각이 행동을 먼저 하게 만들었다. 다행히 쓰레기통이 바로 앞에 있어서 전철 출발하기 전에 돌아올 수 있었다.

　다시 자리에 앉고서야 주위를 둘러볼 여유가 생겼고, 생각할 여유도 생겼다. 나는 나의 행동에 자부심을 느꼈다. 주위에 앉아 있는 사람들이 나의 행동을 보았겠지, 하는 기대감으로 어깨를 쭉 펴고 우쭐한 심정으로 주위를 둘러보았다. 헉! 아무도 나를 보지 않았다. 모두 핸드폰에만

　　　　　　　　　　　　　엄마도 사랑받고 싶어

레이저를 쏘고 있을 뿐 나를 보고 잘했다고 미소 지어 주는 사람도 나를 핸드폰으로 찍어 주는 사람도 없었다. 방금 무슨 일이 있었는지 아무도 모르는 사람들 같았다. 사실 조금은 섭섭했지만 좋은 시민으로써 좋은 일을 한 것만으로 위로를 삼아야 했다.

아이들에게 나의 행동을 이야기 하며 우스갯소리 한 마디 했다.

"누가 나의 행동을 핸드폰으로 찍어서 sns에 좀 올려 주지! 나 유명 인사 되고 철도공사에서 시민의 상 좀 받게."

"그럼 우리 엄마가 누군데.
우리 엄마는 왼손이 하는 일 오른 손이 모르게 하라는 말은
어울리지 않지.
사람들이 말이야,
우리 엄마 오지랖 좀 널리 알려 주지! 아쉽다."

"당연하지.
나의 신조는 왼손이 하는 일 오른손이 알게 하라 거든."

우리는 한바탕 너스레를 떨며 웃었다. 하지만 정말 아쉬웠다. 누가 나의 선행을 좀 찍어 주지. 흐흐흐

내 아이들에게 물어보았다.

"너희들이라면 어떻게 행동했을 것 같아?"

"당연 엄마 아들이니까 엄마 같은 행동을 했을 것 같은데."

"보자마자 못 본 척 다른 칸으로 옮기지. 히히히"

딸은 당연한 듯 말했다. 그러니 내가 다른 사람을 어떻게 탓하겠는가? 나는 아들딸을 앞에 두고 한바탕 도덕 강연을 해야 했다.

사실 이런 나의 행동은 오지랖이 아니다. 우리 시민들이 당연히 해야 하는 일이다. 나에게까지 기회가 온 것이 너무 아쉽고 슬프다.

우리 아이들은 때로는 좀 과한 나의 행동을 걱정하며 오지랖이라는 말로 가능하면 남의 일에 끼어들지 말라고 말한다. 아직 젊은 내 아이들조차 이런 말로 나의 행동을 자제시키고 있는데 남을 탓해서 무얼 하겠는가? 아이들이 나에게 오지랖이라며 진지하게 자제하라는 데는 나름 이유가 있긴 하다. 아이들을 기겁하게 만들었던 일들이 꽤 있었기 때문이다.

내 앞에 가는 할머니의 가방에 손을 넣고 있는 소매치기를 보고 "아줌마!"라고 소리 지르기.

아이스크림 봉지를 길거리에 버리는 아이한테 가서 "얘야, 대한민국 땅이 너의 쓰레기통은 아니지 않니?"라고 타이르기.

전철 안에서 미군군복 입은 청년이 옆에 앉는 약 삼십 후반으로 보이는 젊은 아줌마(예쁘게 생겼었다)를 빤히 쳐다보는 상황에 끼어들어 안절부절못하는 그 분을 위해 영어 좀 한답시고 통역을 자처해서 쳐다보지 말라고 타일렀던 일.

아이들이 초등학생이었을 때 어린이날 미술대회에 갔다가 옆에서 뇌전증 같은 증상으로 쓰러졌던 아줌마를 어디서 주워들은 이야기는 있어서 내 휴지뭉치와 손수건으로 그녀의 입을 막을 때 내 손을 물릴 뻔했던 일.

엄마도 사랑받고 싶어

물놀이 갔다가 냇가에서 이불 빨래하는 사람에게 물 아래에서 노는 사람들에게 피해가 가니 빨래하지 말라고 했다가 웬 참견이냐고 소리 지르는 사람에게 옆에 있는 자식에게 부끄럽지 않냐고 대들었던 일.

　서울에 살 때 속초 여행에서 돌아오는 길에 교통 체증으로 차가 기어가는 상황에 갓길로 새치기 하는 사람들이 가지 못하도록 갓길을 반쯤 막고 갔던 일 등등 기억나는 일 말고도 아이들과 남편을 당황하게 한 일들이 많다.

　나는 나의 오지랖에 자부심을 가지고 살았다. 누구보다 먼저 나서서 다른 사람들 시선 눈치 보지 않고 행동을 먼저 한다. 때로는 조금은 성급하지만 당연한 일을 하는 거라 여겼다. 하지만 나이가 들면서 조금 자제를 해야겠다는 생각을 하기도 한다.

　얼마 전 '아버지가 이상해'라는 드라마를 보며 오지랖에 대해 할 말을 잃었다. 아이들에게 어느 것이 옳은 행동인지 말하기가 더 어려워졌다. 물론 드라마는 실제의 사건을 더 극대화시키기도 하지만 그럴 수도 있겠다는 작은 가능성이 무서워졌다.

　이 드라마의 내용을 요약하자면, 아버지가 고등학생 시절 작은 선의의 오지랖으로 인해 인생의 격한 소용돌이 속으로 휩쓸려 들어가는 내용이다. 아버지는 살인자로 몰려 3년 징역을 살고 자식을 위해서 범죄자로 낙인찍힌 본인의 과거를 숨기기 위해 죽은 친구의 신분으로 살게 된다. 억울하게 살아온 아버지를 위해 재심청구 재판에서 딸이 변론하는 장면은 가히 최고의 명장면 중의 하나로 꼽고 싶다.

　"43년 전 한 소년은 큰 실수를 하게 됩니다. 불의를 보면 지나치고 어렵고 착한 사람은 외면해야 하며 착하고 선한 마음 따위는 애초에 가져서는 안 되는데 한 학생이 세 명의 학생들에게 둘러싸여 폭행당하는 걸 보고 신고를 하고 말았으니깐 말입니다. 범인으로 지목이 돼 상해치사 누명을 쓰고 3년간의 억울한 옥살이와 전과자라는 평생 낙인에 갇혀 살게 됩니다. 그 소년이 바로 제 아버지이자 피고인 이윤석입니다."

"헌법 제11조에는 이렇게 기록 되어 있습니다. 모든 국민은 법 앞에 평등하다. 누구든지 성별, 종교, 또는 사회적 신분에 의하여 차별받지 아니한다. 거짓말! 법정 모독이라는 걸 알면서도 도저히 참을 수가 없습니다. 도대체 누구를 위한 국가이고 누구를 위한 사법부입니까? 당시 수사는 실질적 사실 관계가 전혀 규명되지 않은 허점투성이였음을 알 수 있음에도 불구하고 재판부는 죄 없는 소년에게 누명을 씌우기에만 급급했습니다."

"그리하여 여기 이 피고인의 삶을 두고 이 땅의 부모들이 아이들에게 저 아저씨처럼 살지 말고 불의를 보면 외면하라고 가르치지 않도록 하기 위해서라도 부디 재심을 열어 피고인의 무죄를 증명할 수 있는 기회를 주시기 바랍니다."

이날 딸 변혜영의 진심어린 변론은 우리 사회의 단면을 적나라하게 드러냈을 뿐만 아니라 오늘날 약자에게 불합리한 현실을 지적하고 우리의 오지랖 부재를 부추기는 현실에 가하는 작가의 멋진 한방이었을 것이라 생각한다.

그래서, 나는 오지랖을 조금은 하고 살게 될 것 같다.

엄마도 사랑받고 싶어

호스피스 봉사

　호스피스 봉사를 4년 정도 한 적이 있다. 간호사와 수녀님을 모시고 가정방문을 위한 단순한 차량봉사였기 때문에 사실 처음에는 아주 가벼운 마음으로 발을 들여 놓았다. 처음 이 일을 제의 받고 시작했을 때는 생각했다. '일주일에 3시간 정도는 뭐! 천국에 가기 위한 점수를 보태는 데 도움이 될 테니…… 얼마든지 투자할 만하지.'

　간단한 교육과 비디오 강의, 호스피스 사례를 담은 책 몇 권으로 시작했다. 그래서 더 쉽게 이 일을 부담 없이 시작할 수 있었다.

　이 일을 시작한 후, 내 주위에서 호스피스에 대해 물어 오는 사람들이 있었다. 많은 분들이 호스피스에 대해 관심도 많지만 또한 잘못된 인식을 가지고 있기도 했다.

　"환자들에게 상담해 줄려면 말을 잘해야 하는데 저는 말을 잘 못해요"

　"아닌데요! 말 안 해도 돼요. 그냥 잘 들어 주기만 하면 되는데요!"

　"몸도 씻겨 주고 대 소변도 다 받아 주어야 한다면서요!"

　"글쎄요, 그런 일도 있고, 아닌 일도 있어요. 각자 성격에 맞게 하면 되는 것 같은데요. 저는 3년 동안 한 번도 그런 일은 하지 않았어요. 또 치료는 간호사가 합니다."

"전염되지 않나요?"

"물론, 아니지요! 전염되는 병 아니에요."

"대단한 일 하네요!"

"Oh, No!!! 정말 아니에요. 제가 대단한 일 하는 것이 아니라, 그분들이 저를 겸손하게 살도록 만들어 주는 대단한 분들이세요."

그렇다. 절대로 대단한 일은 아니다. 내가 그렇게 대단한 일을 한다고 보이는 것이 부끄러울 뿐이었다. 사실 육체적으로 무엇인가를 해서 힘든 것은 아니었다. 하지만 단순한 차량봉사라고 생각했던 것도 정말 오산이었다. 정말 쉽지 않았다. 의료적 처치만 하지 않는다 뿐이지 모든 과정을 다 지켜보고 함께해야하는 것이 내게는 힘들었다. 의료적 책임감 혹은 의무감 같은 것이 없는 나는 온전히 내 자신의 감성과 싸워야 했다.

간호사가 심한 환자를 처치할 때는 눈을 슬쩍 다른 데로 돌리기도 하고, 마치 기도하는 것 같은 자세로 앉아 환자를 보지 않으려고 애썼다. 한 겨울 욕창 환자를 방문할 때는 문 옆에 바짝 앉아 환자가 춥건 말건, 문을 살짝 열어 놓기도 하고, 고개를 문 쪽으로 돌리고 숨을 몰아쉬기도 했다. 환자가 돌아가시면 장례식장을 방문해야하는데, 봉사하는 날에 차라리 장례식 방문이 걸리면 마음이 가볍고 편했다. 또 어떤 날은 환자의 살아온 이야기를 오랜 시간 동안 들어야 했고, 졸려 감기는 눈을 참느라고 허벅지를 꼬집어가며 견뎌야 했던 날도 있었다.

엄마도 사랑받고 싶어

하지만 그런 일들은 물리적인 일들이라 습관에 젖어 들면 그리 견디기 힘든 일은 아니었다. 반복되는 상황은 익숙해지기 마련이다. 중요한 것은 내 마음에 작은 변화가 일기 시작한 것이다. 처음 얼마동안은, 내 마음에 너무나 큰 동요가 일어났다. 불쌍한 환자들을 대하고 집으로 돌아오면 허탈해졌고, 그분들의 인생이 너무나 가여워서, 왜 저렇게 살아야 하는지, 왜 저분들은 당연히 행복하게 살아야 될 권리를 박탈당해야 하는지 하느님께 원망도 했고, 신앙에 대한 회의도 생겼으며, 불공평한 하느님의 사랑에 대해 의심도 가졌다.

또한 내 자신의 처지를 그분들과 비교하며 나는 그렇지 않다는 것에 안도하고 감사드리면서도, 그분들에게 너무나 미안한 마음이 들어서 감사 기도조차도 하기 민망스러웠다.

별로 하는 일 없이 수녀님과 간호사 뒷전에 가만히 앉아, 간호사가 환자를 처치하는 동안,

혹은 수녀님과 환자가 대화를 나누는 동안 나는 온갖 상념들과 싸우느라 집에 돌아오면 육체적인 피로보다는 정신적인 피로로 더 지쳤다.

그러기를 몇 달이 흘러가며 정기적으로 방문하는 환자도 생겼고 우리를 반갑게 맞아 주는 환자도 생겼다. 우리가 방문해 주는 것 자체만으로도 환한 미소를 지으며 좋아하시는 분들!

바쁜데 어떻게 이렇게 또 방문해 주었냐며 미안해서 어쩔 줄 몰라 하시며 두 손을 꼭 잡아 주시는 분들~! 같이 기도할 때 눈시울을 적시는 할아버지……

한 번은, 숨도 제대로 못 쉬시는데 우리가 오면 준다고 설익은 신 산딸기를 집 텃밭에서 손수 따 놓고 기다리셨던 할머니를 방문했다. 우리는 그 신 산딸기를 너무나 맛있다며 다 먹고 왔는데……. 그 할머니께서 그 다음 주 돌아가셨다는 소식을 듣고 얼마나 마음이 허전하고 가슴이 저려 왔는지 모른다. 할머니의 장례식에 갔을 때 할머니의 따님 손을 잡고 함께 울기도 했다.

특히 기억에 남는 환자는 2년을 매주 방문한 한 아가씨이다. 그 아가씨는 나 혼자서 방문했다. 그녀가 영어공부를 하고 싶어 해서 아일랜드 수녀님이 방문해서 가르치셨는데 본국으로 돌아가야 할 상황이라 나한테 부탁을 해서 방문을 시작한 것이다.

교통사고로 5년 이상 사지를 움직일 수 없고 고개도 움직일 수 없고, 눈, 코, 귀, 입만 정상인 상태로 살아가는 상황인데도, 마치 내일 당장 일어나 걸을 수 있는 듯이, 금방이라도 훌훌 털고 자신이 원하는 모든 삶을 영위할 수 있을 것처럼 열심히 살고 있었다.

도저히 불가능한 실낱같은 희망을 꼭 부여잡고, 자신 혼자서는 밥 한 숟가락 못 뜨고, 얼굴에 붙은 티끌 하나도 뗄 수 없지만, 하루하루를 열심히 공부하며 보내는 그 모습은 어느 수도자보다도 더 숭고하고 안쓰럽고 고귀해 보였다.

그녀는 나의 안일한 하루하루의 생활을 돌아보고 반성하게 만들어 주었다.

내가 방문하는 날을 기다리는 것이 낙이라는 그녀의 말을 들었을 때,

그녀에게 방문하는 일주일의 한 시간이 나에게는 별로 중요치 않은 자투리 시간이지만, 그녀에게는 온 일주일을 기다리며 얻는 너무나 소중한 한 시간이라는 것이 내게는 작은 충격이었다.

사실, 이 호스피스 봉사를 통하여, 나는 나의 생활을 더 진지하고, 소중하게 생각하게 되었다. 그분들에게, 내가 어떤 것을 하여 드린 것이 아니라, 그분들을 통해서 내 삶에 더 감사한 마음을 가지게 되었다. 내가 하는 이 보잘것없는 시간들이, 아니 자칫 가치 없게 쓰여 질 수 있는 보잘 것 없는 적은 시간들이, 바로 그분들을 통해서 가치 있게 되었다.

인간관계란, 특히 봉사자와 환자, 부자와 가난한 사람, 모든 반대되는 상황의 관계는 시소를 함께 타는 것이 아닐까 생각해 본다.

시소 위의 한 쪽 사람의 과중한 욕심이나 무게가 다른 쪽 사람을 꼼짝 못하게 공중에 매달아 놓을 수도 있지만, 힘이 더 있는 그 사람이 조금만 자신을 버리고 희생하다면, 약한 반대쪽 사람과 함께 즐겁게 시소를 탈수 있을 것이다. 또 과중한 무게로 시소 바닥에 내려앉은 사람은 자신의 과체중을 줄이지 않으면 결코 공중으로 올라가는 짜릿함을 맛 볼 수도 없다.

The Road 를 읽고

저자 | 코맥 매카시

책을 덮고 한동안 멍하니 앉아 있었다. 꼬투리를 잡을 수도 칭찬을 할 수도 없었다. 아니, 하고 싶지가 않았다. 미래에 우리 후손이 겪을 수 있음직한 삶이라는 것이 나의 입을 닫게 만들었다. 어쩌면 아주 과거 원시 시대의 우리 조상의 삶이 이랬을 수도 있었겠다 싶었다. 또 하느님께서 롯의 가족만을 살리시고 소돔과 고모라를 불바다를 만든 후의 상황에서 살아남을 수도 있었던 몇몇 안 되는 자들의 모습일지도 모른다는 생각을 했다.

이야기는 기승전결이 없다. 아버지인 남자와 아들인 소년의 힘든 삶이 길에서 뜬금없이 시작되고 아버지는 길에서 죽고, 소년은 다른 가족을 만나서 다시 길을 가는 것으로 이야기는 끝이 난다. 한 남자의 인생이 끝났지만 아들의 인생은 척박한 길에서 계속될 것을 예견한다.

이야기는 비슷한 내용으로 시종일관 진행된다. 길 위의 극한 날씨, 길 위에서 만나는 동물의 본성만을 따르는 사람들. 꿈에서 잠시 보이는 과거에 대한 회상. 과거의 회상은 현실을 잊게 만드는 청량음료 같기도 하지만 현실을 바라볼 때는 오히려 이 모든 여정을 멈추고 죽음을 더 원하게 만들기도 한다. 왜 그렇게 길을 떠나게 되었는지, 왜 계속 가야 하는지 이유가 분명히 드러나지 않는다. 하지만 독자는 그 이유를 추측할 수 있다. 어른 남자가 죽을힘을 다해 아들 소년을 데리고 가는 일이 얼마나 숭고한 일이고 가치 있는 일인지 깨달을 수 있다. 우리 조상들이 그래왔던 것처럼 우리 또한 후손을 위해 해야만 하는 무엇인가가 있지 않을까라는 책임감마저 느끼게 된다.

이 책에는 주인공들의 이름이 없다. 남자와 소년으로 통한다. 이 또한 묘한 느낌을 자아낸다. 시대를 아울러 누구나가 남자와 소년이 될 수 있다는 의미인 것일지도, 지구상에 태어났다가 살다가는 모든 인간을 대표하는 것일 수도 있다.

책에 대한 자세한 이야기는 하지 않고 싶다. 그냥 이 책을 읽으면서 가슴을 울렸던 몇몇 대화만을 열거하고 그때의 내 느낌을 나열하는 독후감을 쓰고 싶을 뿐이다. 그때 느꼈던 그 마음을 다시 한 번 더 가슴에 새기고 잊고 싶지 않다. 극한 상황에서도 희망이라는 끈을 놓지 않으려 애쓰는 남자의 처절함은 이야기가 진행되는 내내 여기저기 대화에서 드러난다.

"아빠는 지금까지 해본 가장 용감한 일이 뭐예요?"
"오늘 아침에 잠자리에서 일어난 거야."

로마 격투기장에서 사자와 싸워서 이기지 않으면 죽어야하는 격투사가 죽을힘을 다해 일어나는 장면과 오버랩 된다.

'소년이 남자와 죽음 사이의 모든 것이다.'

남자는 죽고 싶다. 하지만 죽을 수 없다. 죽음이 평안이라는 것을 알면서도 아들인 소년을 위해 살을 도려내는 아픔을 견디며 피를 토하면서도 하루하루를 버티고 소년이 혼자되었을 때 살아갈 수 있는 방법을 익혀 주려고 애쓴다.

"옆에 아무도 없는 사람은 유령 같은 거라도 대충 만들어서 데리고 다니는 게 좋아."

남자는 기름과 불로 초토화된, 아무것도 자랄 수 없는 척박한 땅을 보며 그래도 아름다운 생명을 잉태할 씨앗들을 소년을 위해 보관하고 싶어한다.

'씨앗봉지들, 베고니아, 나팔꽃……. 남자는 그 봉지들을 호주머니에 찔러 넣었다.'

소년은 그런 아름다운 것들에 대한 추억이나 기억도 가지고 있지 않다. 하지만 언젠가는 소년이 꼭 그것을 스스로 만들 것이라 남자는 희망한다.

하루하루 먹고 자고 일어나는 것 외에는, 살아야한다는 것 외에는 중요한 것이 없는 길 위의 삶. 남자에게 소년은 바로 신이다. 아니 죽을힘을 다해서라도 보존해야 할, 보살펴야할 자신의 유전자이다. 그것이 인간의 본성이고, 동물의 본성인 것이다.

엄마도 사랑받고 싶어

'신의 숨이 그의 숨이고 그 숨은 세세토록 사람에서 사람에게로 건네진다고'

남자는 소년을 통해 죽어가는 신을 살리고 싶어 하는 것 같다. 신을 죽이는 일도 신을 살리는 일도 곧 인간이라는 것을 보여주고 있다. 신의 숨결을 받고 태어난 인간은 곧 신의 유전자를 간직한 생명체인 것이다. 우리는 그 유전자를 보존하고 이어가게 해야 할 의무와 책임을 가지고 있다. 하지만 지금의 우리 인간은 그 책임을 잊어버리고 산다.

'남자는 눈물이 그렁해진 눈을 들어 소년이 거기 길에 서서 어떤 상상할 수 없는 미래로부터 자신을 돌아보는 모습을 지켜보곤 했다. 그 광야에서 장막처럼 빛을 발하는 소년.'

'소년이 움직이자 빛도 따라서 움직였다.'

남자는 미래가 보이지 않는 암울한 상황에서도 상상한다. 더 나아질 거라고……. 소년이 빛나는 미래에서 살게 될 거라고. 자신은 그 소년을 위해 기꺼이 거름이 될 거라고.

남자는 매사에 소년에게 미안하다는 말을 한다. 먹을 것이 없어도, "미안해", 아이가 아파도, "미안해", 추워 떨고 있어도, "미안해"

앞으로 힘들게 살아가야 할 본인의, 아니 인류의 유전자에게 형편없는 현실을 물려주는 것이 너무너무 미안한 것이다.

소년이 왜 이 삶을 계속해야 하는지 물을 때 남자는 소년에게 불을 운반해야 할 사명이 있음을 일러준다. 사실 불을 가지고 다니는 것은 아니다. 처음에 소년은 물리적인 불이라고 생각했었다. 나중에는 그것이 아니라는 것을 알면서도, 불을 운반한다는 것이 무엇을 의미하는지 묻지 않는다. 그리고 마지막 부분에 아버지가 죽고 좋은 사람 가족을 만났을 때 소년은 말한다.

"나는 불을 운반해야 해요."

좋은 사람 가족도 그것이 무슨 의미인지 모르지만 마찬가지로 이의를 제기하지 않는다.

불을 운반한다는 것은 무엇을 의미하는 것일까? 이것 또한 독자의 상상력에 맡기고 있다. 나는, 불이 아마도 후손에게 대대로 물려 줘야 할 신의 숨, 즉 인간의 숨이고, 아니면 태초부터 이어져 오는 유전자가 아닐까 생각해 본다. 누군가는 그 유전자를 쉽게 버리고 가치 없게 취급하기도 하겠지만, 내가 오늘 여기 존재할 수 있는 것은 태초로부터 이어져온 나의 유전자를 위해 애쓰며 살았을 내 조상의 공일 것이라는 생각에 내 조상들에게 머리 숙여 감사하고 싶어진다. 나 역시 좋은 유전자를 운반하기 위해 즉 불을 운반하기 위해 무엇인가를 해야 할 것 같다.

한 권의 책을 통해 이렇게 숙연해지는 기분을 오랜만에 느껴본다.

엄마도 사랑받고 싶어

하느님과의 인터뷰

　아들과 딸이 고등학생이었을 때 둘 다 기숙사 생활을 했다. 일주일 혹은 이주일 동안 아이들이 재미있게 읽으면서 교훈이 될 만한 이야기를 주기 위해 몇 시간씩 인터넷 서핑을 했다. 아이들의 상태에 알맞은 좋은 이야기를 찾기 위해 책을 읽고 도움이 될 만한 구절이나 내용을 찾아서 보내주었다. 이때 나의 독서량이 늘었고, 편지를 쓰고 책을 요약해서 보내 주면서 나의 글쓰기도 늘었다. 일석이조라는 말이 정말 이를 두고 하는 말이다. 이렇게 마침내 책을 내고자 결심까지 하게 되었으니 말이다. 아이들에게 발췌해서 보내준 재미있고 유익한 글들만 모아도 책 한권을 만들 수 있을 정도로 많은 내용을 보내 주었다.

　내 글이 아니니 여기에 올릴 수는 없다. 그래도 한 두 개쯤은 정말 올려도 괜찮지 않을까 싶다.

하느님과 인터뷰 하는 꿈을 꾸었다.

하느님께서 물으셨다. "그래, 나를 인터뷰하고 싶다구?"

"예, 시간이 허락하신다면요"

하느님은 미소 지으셨다. "내 시간은 영원이니라...

뭘 묻고 싶으냐?"

"인간에게서 가장 놀랍게 여기시는 점은 어떤 것들이세요?"

하느님께서 대답하시기를, "어린 시절이 지루하다고 안달내며

서둘러 어른이 되려는 것,

그리고 어른이 되면 다시 어린애로 돌아가고 싶어 하는 것."

"돈을 벌기 위해 건강을 해치고나서는, 잃어버린 건강을 되찾기

위해 번 돈을 다 써버리는 것."

"미래에만 집착하느라 현재를 잊어버리고 결국 현재에도 미래에

도 살지 못하는 것."

"결코 영원토록 죽지 않을 것처럼 살다가는, 마침내는 하루도 못

살아 본 존재처럼 무의미하게 죽어가는 것."들 이란다.

하느님은 내 손을 잡으셨다. 그렇게 한 동안 말이 없었다.

내가 다시 여쭈었다.

"저희들의 어버이로서 당신의 자녀들에게 줄 교훈은 어떤 것들이

있나요?"

"누군가 억지로 너희를 사랑하게 할 수는 없으니

오직 스스로 사랑 받는 존재가 되는 수밖엔 없다는 사실을 배워야

하느니라…….

남과 자신을 비교하는 일은 좋지 못하며, 용서를 실천함으로써

용서하는 법을 배우기를."

"사랑하는 사람에게 상처를 주는데는 단 몇 초밖에 걸리지 않지만,

그 상처를 치유하는 데는 여러 해가 걸릴 수도 있다는 사실을."

"가장 많이 가진 자가 부자가 아니라,

더 이상 필요한 것이 없는 사람이 진정한 부자라는 것을."

"사람들은 서로를 극진히 사랑하면서도,

단지, 아직도 그 사랑을 표현하는 방법을 모르고 있을 뿐이라는

사실을…."

"두 사람이 똑같은 것을 바라보면서도 그것을 서로 다르게 볼 수

도 있다는 사실을."

"서로 용서하는 것만으로는 부족하니,

너희 스스로를 용서해야 한다는 사실을 알아야 하느니라…."

"시간을 내 주셔서 감사합니다. 그 밖에 또 들려주실 말씀은요?"

내가 겸손하게 여쭙자

하느님은 미소 지으셨다. 그리고 말씀하셨다.

"늘 명심하여라. 내가 여기 있다는 사실을…."

"언제까지나……."

저자 미상 인터넷에서 가져옴

With the friends of the world

Letters, the high quality of lectures

After my son left home to live in the dormitory of high school, I felt empty in my heart whenever I found his room empty. I used to recall the time we got together, hugged, kissed, talked and laughed by smelling the scent of the fabric softner of his clothes and his books as if it was his scent.

At first, I was worried about him because I thought he wasn't ready to be alone and was still like a baby to me.

At the beginning of March, I received a letter from his homeroom teacher. It said that the students could be stressed a lot in this high school because the students had to compete with one another, who had run high class in their middle school. So she recommended us to write letters to our children as often as possible.

That's why I started to write letters to my son. I'd like to give my thanks to the homeroom teacher who gave a momentum to write letters.

My son had come home from the dormitory every second Saturday and had gone back to school on the following day. And we had visited him every second Saturday. We could get together only for two hours when we visited him. We couldn't have enough time to talk. So, when I wrote letters, I tried to give him some wise sayings and good writings to make him influenced. I used to surf on the internet or read books to find suitable good writings for his specific situations.

I think writing letters with good meanings was the best way to fill the absence of conversation. Though we couldn't get together, my letters must have been reliable buttress to make him comfortable and let him know consistently that we were his strongest supporters and biggest advocates. He said that he put some good sayings and good writings on his desk.

After my son was in the first grade in college, my husband and my son went on a trip to Jeju Island. My son met his friend who lived in Jeju Island because his friend had some problem having good relationship with his peers. His friend needed some advice form my son. My husband tried to listen to them. The advice that my son gave his friend was what we talked to him in the letters.

Since he became a college student, I have not written letters to him often. I have sent text messages with wise sayings by Kakato Talk. My

엄마도 사랑받고 싶어

children said that there were not many parents who sent the messages with wise sayings every day.

"So, you don't want me to do it, do you?"

"It doesn't matter to me, mom. In fact, sometimes I don't read them all, but I try to read them every time."

I think it's quite obvious that the letters and the text messages I sent them permeated their conscious awareness.

In fact, I have unrequited love for them. Even so, I still send them letters and messages as often as possible. They send me back short messages like 'I love you.', the emoticon of love, or 'ㅋㅋㅋ'. They don't even send any response.

Though I sent them many letters, the letters I received from them could be counted with my 10 fingers.

I always beg them to write letters for our birthday, wedding anniversary, and parents' day,

Interestingly enough, they wait for my letters. So, I am willing to fall in one-side love with them.

I need your kiss

I am often asked by some of my friends.

"How did you bring up your children? Do you have any know-how?"

Whenever I am asked these questions, I ask myself if I am qualified to answer the questions.

There are many respectable parents who brought up their children successfully around us. They may have a special know-how. But I don't have any special things. If I should say a thing about educating, I have to try to remember special events, and give meanings to them.

If I think about it carefully, I have a main behavior. It is my constant requests for their kisses to me. I, their mother, beg them to give me hugs and kisses as many as possible. If they ask me something, I never accept their requests for free. I always ask them to kiss me at least three times or more. If they refuse to kiss me, I sometimes became sulky.

Although my son is over 30 years old, he still gives us his kisses. My daughter, however, hasn't liked to kiss us since she was in the second grade in middle school. She just allowed me to kiss on her cheek grudgingly and sometimes showed me her hate plainly.

"Am I a leech? How come you turn away from me? If you beg me to hug, I will never hug you. It is my favorite display of affection. But you don't allow me to do it. While I am alive, you can have a chance to be good to mom. If I am not here anymore, it is no useful to perform a memorial service with a sumptuous feast for me. In some countries, kissing on the lips is a kind of greetings. I am even your mother."

I threatened her with these reasons.

My daughter said, "Why do you like kissing? you are love-starved."

However, my daughter showers me with kisses if I look sick or depressed. When I bought her some clothes, she said, "Mom, do you want me to kiss you?"

Sometimes, if she feels tired and needs energy, she said,

"Mom, Please hug me and give me your kiss."

Since she started out in a career, she has been changed a lot. she does give me kisses even on the street. She doesn't care other people when she gives me kisses.

After she entered the university, she asked me.

"Mom, Did you have any special ways to educate us?"

"No!"

I smiled at her and said.

"I didn't have any special ways. I just begged you for your kisses."

When they were young and got together at home, we had never passed each other without kissing, giving a wink, hugging, and pretending to kiss.

When I woke them up, I always kissed them on the face and lips. When I scolded them, I never let them go to bed without my kisses and my hugs.

In our country, there are not many who kiss their grand parents on the lips. Some people even don't understand this. My children kiss their grand parents on the lips even on the street and in public places.

Shaking hands and hugging is a kind of greetings in the world. However, in Korea, it is not common, specially between women and men. A few years ago, there was a big campaign for 'Free Hug!' in many countries. It was introduced here in Korea. But these days we must not shake hands and hug because of COVID19.

Just because they don't have any skinship with their children, it doesn't mean they don't love their children. There are many parents who are awkward and feel difficulty to have skinship because of their personality.

엄마도 사랑받고 싶어

I didn't think it special to beg their kisses and hugs. But now, I think it may be special behaviors. Except these behaviors, I don't have any unusual ones.

These days, my children run to me to hug with their arms outspread. The babies who I begged for hugging and kissing try to hug me and even lift me up.

My children say,

"Oh, my God! How small and light you are!"

Human Ability

There was an old woman sitting on the bench in the subway station. She looked like she was waiting for the subway train. She had a cart filled with junk.

'Why does she bring the cart filled with junk? She looks so old.'

I kept watching her with a pity. She reminded me of a poem, A man of old, written by Jungchul.

'It is sad to get older, and it is much sadder to be an old man who even has a burden on his back.'

A few minutes later, I was so surprised to see her stand. Her waist was folded in half. She couldn't stand up straightly. I couldn't recognize her condition when she sat down on the bench. I tried to keep my mouth from moaning. She walked away gallantly from me, leaning on the cart. She seemed to sneer at my pity.

Einstein said that most people live with only 1% of their ability. Where is the rest of it, 99%?

Once I watched a movie named Lucy. It is a science fiction, which shows when the hidden 99% of ability is evoked and maximized, how big omnipotent power can be exerted!

There is another story that when there is fire, if a mother thinks the piano is her baby, she can hold the piano and run out of the fire. It also shows that human ability doesn't have limitation.

Sometimes, we have heard that some autistic patients have special ability. It may be one of the abilities of 99%.

But most of great ability is not the one that we, normal people, can get easily. We often find people who have extreme jobs or enjoy extreme sports. and also find the handicapped who have extreme ability. They have different lives beyond our imagination. Their ability is achieved by repeating practice a few thousands of times, or a few millions of times. Then they can finally be used to doing it easily. We call it miracle.

There are many people who live with extreme ability around us. You have ever heard about Ototake Hirotada who wrote a book called 'No One's Perfect', Dustin Carter who is known as Torsorman, Korean girl, Hee Ah Lee who can play the piano very well with four fingers, and other many handicapped people. They are heros and heroins who endure pain.

I watched a documentary about a Japanese woman on TV. She doesn't have arms and legs. She, however, could wear her clothes well with her lips and head.

"How can you wear your clothes easily?" asked the reporter.

"I had to spend four years to wear my shirt easily." she said with a big smile.

I was very impressed by her reply. We have never thought about how easily we can wear our clothes, and we didn't spend as much time as she did to wear our clothes easily. She might practice and practice a few thousands of times for four years.

We sometimes say that we are so busy doing something that we can't have time to exercise and to have meals.

Our time value is definitely different from hers. We complain that time goes by so fast and we follow the time in a hurry with difficulty, but her time follows her slowly. Time is not important to her. The important thing to her is just living today.

When we consider special people's lives, especially the handicapped's, a human being's ability seems not to have limitation. But it is not easy to go beyond the limitation. Only the people who struggle to death deserve the great prize.

It is said that God gives us just tolerable degree of pain.

"Definitely No!" I cry.

Human beings try to endure any pain and keep trying to endure it with a struggle to the death to the end. We, human beings, are mystical great creatures.

These creatures deserve more admiration than God.

Why do we read the biographies of great people?

I met one of my close friends who has a daughter and a son. Her daughter was supposed to have the university entrance examination.

She tried to hold my hand to get some fortune from me. She thought that my children entered the good university and college. I wish her good luck when we hold out hands.

When my son was a middle school student, I did the same thing like my friend, wishing for the good fortune. The woman who I asked the same fortune had her son enter Kaist and her daughter enter Yunsei University. I congratulated, envied her and wanted the same fortune.

Surprisingly, I found I was going the same way as her.

My friend who wanted to have the same fortune from me gave me a good news that her children entered the famous universities.

We have our children read the biographies of great people when they are young. Many of us have one or two complete series of the biography in our selves.

엄마도 사랑받고 싶어

Why do we have our children read them?

It's because we wish our children the same fortune or the same devotion as the great people had. The behavior I did to the woman and my friend did to me may have the same meaning as we read the biographies. We have our children follow and imitate their thought and behavior.

My husband made frames for my children's certificates of merit and put them on the wall of the living room and enjoyed looking at them. I told him not to put them on the wall because it seemed that we boast our children to others.

"It is my hobby. Why do I have to care their thought?" he said.

One day a close woman visited my house and looked at the certificates of merit on the wall.

"Hey, sister! There is always ups and downs in life. So, you'd better not boast your children." she said.

I was shocked and scared with her words. It is just for the person who had misfortune, not for the person who had good fortune. I am not good enough to get along with her after I heard that kind of words. I haven't tried to get along with her since then. Now I don't know even where she lives.

Then I wrote a letter to my son about being positive.

My dear son, my delightful angel!

I'd like to talk about being positive today.
In the bible, Numbers 13~14,
Moses sent 12 men to explore the land of Canaan in advance.
They came back and reported.
"It does flow with milk and honey. But the people who live there are powerful. We can't attack those people; they are stronger than we are."
But Joshua and Galeb who were among those who had explored the land said.
"The land is exceedingly good. If the Lord is pleased with us, he will lead us into that land, a land flowing with milk and honey, and will give it to us."
Joshua and Galeb gave positive prospect and hope to people.
Only Joshua and Galeb entered the land.
Here is another example.
"My daughter entered Seoul university.", someone says.
"Wow, congratulations! Tell me your know-how." another says. (This person is positive)
"What's the point of entering Seoul university if the major is not good? Major is more important." the other says. (This

엄마도 사랑받고 싶어

person is negative)

Positive mind can be motivation to proceed and to achieve their goals.

Especially, one percent possibility can press down 99 percent impossibility if your positive mind is strong.

Nickname with our wish

During the camping of Sunday-school children, they were asked what words they heard from their parents the most. After they came back, their words were posted on the board of our church.

'Get up, Go to school or private institute. Hurry up, Do homework, Wash, Eat, GOWI(get on with it), Don't watch TV, Don't play the computer, Don't play games, Don't watch cell phone, don't, don't, don't……'

It may be our current situation between mom and children. I feel sorry that they hear these words the most from their moms.

I have read a book named 'Water knows the answer.'

There was an experiment to watch the change of water particles. One of the two cups of water was given the words which are positive, bright, and cheery, and gentle music. The other was given negative, comminative and bitchy, and noisy music. The former water particles are beautiful, but the latter looks ugly and twisted.

엄마도 사랑받고 싶어

Our body consists of 70% of water. It showed that the good words and good music can cause big effect to our body and our mind.

With the bad words we say carelessly to our children, we can cause bad effect to them.

All the parents don't mind spending money to find good name for their children. Sometimes they call their children 'general, princess, prince, star, sun, beauty etc.'

I have heard that there is a thirty-million-won name. It is because that they want their children to be kind of person.

I also call my children 'my angel bringing pleasure to us'. I sometimes feel excited to see my children become real angels bringing pleasure to us. When my daughter was in the first grade of highschool, she sent us a letter for parents's day. On the top of the letter, she wrote.

'Mom and Dad, I am your angel bringing pleasure to you.'

I think she became the angel when she said that. She gave me a big relief because she tries to become such an angel.

I don't remember when I started calling them with this nick name. But I think this is the best nick name. On my cell phone, their names are my angel 1, and 2 bringing pleasure to us.

They are over 30, and work well for their company with good position.

They are not awkward to be called "my angel bringing pleasure to us"